‘LUZES DE NEON’

RODOLFO SANTULLO

SAFRA
VERMELHA

'LUZES DE NEON'

RODOLFO SANTULLO

1ª Edição

AVEC
EDITORA

Porto Alegre
2021

Editor: Artur Vecchi
Organização: Cesar Alcázar
Diagramação: Bethânia Helder
Foto da capa: Thomas Charters
Tradução: Nathaly Nalerio (com revisão de Andrea Kahmann)
Revisão Final: Camila Villalba

Dados Internacionais de catalogação na Publicação (CIP)
(Câmara Brasileira do Livro, SP, Brasil)

S 237

Santullo, Rodolfo
Luzes de neon / Rodolfo Santullo; tradução de Nathaly Nalerio, Andrea Kahmann. – Porto Alegre: Avec, 2021.

ISBN 978-65-86099-98-0

1. Ficção mexicana I. Nalerio, Nathaly II. Kahmann, Andrea III. Título

CDD 860.9

Índice para catálogo sistemático:
1.Ficção : Literatura mexicana 860.9

1ª edição, 2021
Impresso no Brasil/ Printed in Brazil

AVEC Editora
Caixa Postal 7501
CEP 90430-970 – Porto Alegre – RS
contato@aveceditora.com.br
www.aveceditora.com.br
Twitter: @aveceditora
Instagram: /aveceditora
Facebook: /aveceditora

Luzes de Neon

1

Era uma noite fria, mas serena. Não havia vento e, portanto, a areia se mantinha em seu devido lugar. A noite estava completamente limpa e, apesar dos edifícios e das luzes do balneário, da praia era possível ver um céu estrelado como raras vezes alguém da cidade conseguia ver. Com o rosto estapeado pelo frio — e acreditava que enrubescido, apesar de ninguém, nem ele mesmo, poder assegurar isso —, Pablo Gorland se decidiu e começou a descer a duna. Esteve parado sobre a duna por mais de quinze minutos e, justo quando concluiu que já tinha pegado frio demais, surpreendeu a si mesmo ao entranhar-se mais ainda na areia e chegar, alheio à sua vontade, até as linhas de sal que demarcavam a praia e entregavam até onde a água tinha chegado durante o dia. Pablo caminhou uns quarenta passos até que, agora na completa escuridão, chegou onde quebravam as ondas menores nesse mar que mais parecia um prato. Não havia lua, mas graças ao reflexo das estrelas era possível enxergar a grande massa de água que quase não se mexia e, quando o fazia, era com marasmo, pouco disposta a presentear um espetáculo de qualquer tipo para o seu único espectador.

Seguindo um impulso vindo sabe-se lá de onde, Pablo ficou descalço. Tirou os tênis —"os *championes*", corrigiu-se, lembrando-se de como os uruguaios costumam chamá-los por causa da marca, e pensou no tanto que o incomodavam detalhes como aquele, que o marcavam como estrangeiro ou, pior ainda, argentino — e as meias. A areia gelada mordeu os seus pés. Ele a sentiu cravar-se na sua pele, como um milhão de agulhas finíssimas. Sentindo-se um aspirante a faquir, deu alguns passos hesitantes. Fosse porque já se tinha aclimatado ou porque o frio acabara anestesiando seus pés, em pouco tempo a sensação deixou de ser dolorosa e dava-lhe até um estranho prazer, algo que abria uma inesperada porta para o masoquismo. A ideia provocou em Pablo um meio-sorriso que era, definitivamente, o único tipo de sorriso que ele se permitia. Diante dos operários do hotel. Diante dos advogados e escrivães que apareciam de supetão, como se tivessem sido trazidos por uma maré inesperada e, acima de tudo, indesejada. Diante da própria irmã, quando ela lhe jogava na cara os gastos que estava realizando e a ideia mirabolante de que ele estava dilapidando o patrimônio da família. Um meio-sorriso que, ele sabia, significava pouco para os demais, mas que significava muito para ele. Para ser bem claro, como um longínquo colega espanhol da época do colégio lhe havia ensinado, aquele meio-sorriso queria dizer "*que os den*"[1] . Ou, para usar outra que aprendera com o galego, "*a tomar por culo*" — ele gostava bastante dessa. Ou ainda, para usar uma expressão bem uruguaia, poderia dizer a que tinha escutado de um capataz da obra diante de uma reclamação: "*es lo que hay, valor*[2]". Era isso o que significava aquele meio-sorriso que, de um jeito ou de outro, se traduzia nessas expressões maravilhosas. Um meio-sorriso que se erguia como uma muralha diante do inimigo. Os inimigos eram todos aqueles que agora passavam na sua mente. Operários, advogados, irmã. Todos eles, em maior ou menor grau, significavam um incômodo, um problema na hora de realizar os seus desejos. E Pablo havia desejado poucas coisas mais intensamente do que esta que o tinha fixado de maneira quase permanente no balneário de Atlántida, em Canelones, Uruguai.

Acabou cochilando, embora ainda estivesse em pé junto à orla. O suave grum-grum do mar — Pablo o havia chamado de "rio" no primeiro dia e foi corrigido com brusquidão pelo capataz — o fazia se mexer de maneira quase imperceptível. Apoiando as plantas dos pés

---

1 Nota da revisora: "Que os den" pode ser empregado como uma forma abreviada e um pouco menos chula de "que os den por el culo" [que lhes metam na bunda] ou de "que os den morcilla" [que lhes deem morcilha].

2 Esta última encontra-se registrada no Dicionário da Língua Espanhola da Real Academia como sendo expressão coloquial de veemente desprezo ou desinteresse.

Nota da revisora: Expressão irônica popularizada por Alberto Kesman, narrador de futebol, ante uma jogada ruim. Se a trama pudesse ser transposta para o Brasil, a expressão assumiria sentido equivalente à frase "É o que temos para hoje, senhores".

e depois os calcanhares, era um balançar mínimo, mas hipnótico. Assim, colocando seu peso alternadamente na ponta e na parte de trás dos pés, fechou os olhos e escutou o mar. Inalou salitre e suas narinas arderam um pouco. Não deixou de sorrir nem quando teve que segurar um espirro. Não deixou de sorrir nem quando sentiu que o nariz se enchia de água — não era muco, mas aquele líquido que sequer se qualificava para receber tal nome; um presságio certo de resfriado. Não deixou de sorrir nem quando, de repente, sentiu o toque gelado da água, que chegou até seus pés na forma de uma onda inesperada. Só deixou de sorrir no momento em que sentiu o primeiro golpe.

Foi devastador. Alguma coisa metálica o acertou em cheio na cabeça, pouco acima da nuca. Não sentiu dor no início, apenas surpresa. O som do seu próprio crânio fazendo "crac" e a forma como sua boca se enchia de bílis. Se já não estivesse com os olhos fechados, eles teriam se contraído com o golpe. Sentiu que estava caindo e um impulso instintivo ordenou que seus braços, que suas mãos, impedissem a queda. Sua cabeça bateu no chão e seu rosto ficou cheio de areia. Nem os braços nem as pernas lhe obedeciam. "E o estranho", pensou Pablo em um vislumbre de consciência, "é que não dói". Só aquele eco que o atordoava, o retumbar do golpe que parecia acertar-lhe repetidamente.

Depois, foi um chute nas costelas que o virou no chão e aí sim, aí doeu. Pablo deixou escapar um longo gemido, não muito alto porque tinha ficado sem ar. Os braços e as pernas reagiram de repente e começou a revidar. Como o coelhinho de brinquedo que perde seu tambor, mas ainda se move freneticamente graças às pilhas Duracell. Mas Pablo já não conseguia abrir os olhos e, enquanto um segundo chute o sacudia e alguma coisa, provavelmente uma costela, quebrava no seu interior, entendeu que o seu cérebro se recusava a ordenar-lhe que abrisse os olhos por medo. Terror, puro e simples. Não queria, não podia ver o que estava acontecendo.

O objeto metálico bateu novamente. Acertou com força seu antebraço esquerdo. Tchac. Esse foi o som que fez. Tchac. Tchac e o braço estava quebrado. Partido. Agora, sim, um grito dilacerante escapou da garganta de Pablo. Algo gutural, sem palavras, plena expressão da dor que sentia. Foi silenciado por um novo golpe. Na boca. Nos dentes. Dentes que se partiram, se soltaram da gengiva. Dentes que engoliu, surpreso, e que rasgaram o seu palato e a garganta. Dentes temperados com o próprio sangue, que jorrava da sua boca despedaçada.

Houve uma pausa. Pablo não soube dizer de quanto tempo. Atirado na areia, de barriga para cima, sempre com os olhos fechados, conseguiu ouvir seu ofegar desesperado. Tudo doía, tudo. Inclusive os lugares que não receberam golpe algum. De repente, deu-se conta de que não era o único que arfava. Mais alguém estava respirando como se fosse um fole furado. Seu agressor. Seu agressor parecia estar a ponto de morrer por falta de ar. E, nesses inesperados segundos de trégua, Pablo começou a elaborar uma frase em sua cabeça. Uma súplica. Algo que pusesse fim ao espancamento. A aceitação plena e absoluta dos termos, independente de qual fosse a estipulação do seu agressor. Se fosse dinheiro, dinheiro. Se fosse o carro, o carro. Se fosse qualquer outra coisa, qualquer outra coisa. A única coisa com que Pablo se preocupava era que suas palavras fossem entendidas através da boca deformada e sem dentes.

Não chegou a dizer uma palavra sequer. Um novo

chute, desta vez na sua cabeça, fez um som seco. Não houve crac ou tchac. Foi um gong. Como o de um sino. Um gong grave, o bater de um sino antigo, daqueles de igrejas perdidas no campo, mas cuidados com esmero. Daqueles que o padre faz badalar com força na hora de chamar os fiéis. Um chamado ao qual Pablo gostaria de atender, claro, apesar de nunca ter sido muito crente. O chamado de Deus, em suma, é um chamado que se torna claro e diáfano, sobretudo no momento que entendemos que já deu, que a Morte — sim, com letra maiúscula — chegou para nos buscar. E outro chute, que desta vez falhou e acertou de forma desajeitada e quase sem força um ombro de Pablo, só confirmou que o que estava acontecendo era algo definitivo. Aquela surra silenciosa e metódica era a de alguém que pretendia matá-lo. Simples assim.

Talvez tenha sido essa enorme certeza que o fez finalmente abrir os olhos. Subjugado por completo, outra vez com os braços e as pernas paralisados, sem força nem para obedecer ao menor dos impulsos, Pablo quis identificar, e talvez reconhecer, o seu agressor. Não conseguia pensar em ninguém que pudesse querer machucá-lo tanto. Então, mesmo que fosse a última coisa que fizesse na vida, queria descobrir o rosto de seu agressor. Foi difícil encontrá-lo. Ofegava uma vez mais e tinha se afastado alguns passos. Não estava sozinho. Havia duas silhuetas paradas um pouco mais para trás, mas que em nenhum momento interferiram naquele processo de destruição. O homem, ofegante, apoiava as duas mãos nas coxas e parecia esgotado. Uma das mãos segurava alguma coisa. Um pé-de-cabra, uma alavanca, uma barra de metal. Algo assim. Os outros dois olhavam com preocupação, sem se aproximar. Mesmo assim, o ofegante fez um gesto para eles e ordenou que se afastassem, e eles deram um passo para trás. Fortalecido por essa obediência, o primeiro se endireitou e se aproximou lentamente de Pablo. Uma vez ao seu lado, se agachou e cruzou os braços em cima dos joelhos. Apesar da penumbra, Pablo conseguiu vê-lo bem. Era um velho. Um homem de setenta anos. O rosto cheio de rugas e a cabeça completamente raspada; tão raspada que até brilhava. Estava muito pálido. A única cor que se notava era a dos olhos de um azul-claro a mirar indiferentes, com expressão morta.

— Vê se para de encher o saco com esse hotel, portenho — murmurou o velho, devagar, ao seu ouvido.

O motorista

A escada era comprida demais. Do carro — um Ford Fairlane Sedan dourado que não tinha nem dois anos e de que Maldonado gostava por causa da velocidade —, o motorista não conseguia contar de forma exata o número de degraus e não queria descer do carro para fazê-lo, em parte porque não queria chamar atenção e porque tampouco era problema seu. Para Maldonado, era óbvio que a escada era comprida demais, mesmo olhando dali, detrás do volante.

Era uma tarde linda. A praia — localizada em frente ao Hotel Cassino, à escada e ao local onde Maldonado estacionara o Ford — estava cheia de pessoas. Pessoas que se tostavam indolentemente sob o sol intenso das três e pouco da tarde. Pessoas que mergulhavam no mar calmo e brincavam com uma bola de borracha gigante. Pessoas que corriam e alcançavam o vendedor de picolé, vestido de um branco deslumbrante e arriscando-se a esgotar o produto que vendia. As pessoas pareciam divertir-se muito, é claro. Isso não afetava em nada a multidão de jogadores compulsivos, alheia ao sol, ao mar ou à temperatura extrema que incitava o desejo de se molhar ou de emboscar o vendedor de picolé. Multidão que subia e descia a escadaria como se ela fosse um grande caminho de formigas. Quem subia, o fazia com ansiedade, às vezes pulando os degraus de dois em dois. Por outro lado, quem descia, arrastava-se com o passo cansado dos derrotados — ainda assim, um que outro olhava por cima do ombro como se estivesse prometendo ao cassino e a si mesmo uma revanche.

Maldonado coçou um olho, que ardeu com o suor. Engoliu saliva e ela se misturou à transpiração dos lábios, a escorrer por debaixo do frondoso bigode, salgando a boca. Imaginava o Ford brilhando fulgurante, sua cor dourada refletindo nas pupilas de quem o olhasse. Mas sabia que, exceto por um milagre, o carro passava despercebido na multidão que subia e descia à praia e entre as dezenas e dezenas de carros estacionados. A única coisa que poderia chamar a atenção era ele mesmo, que permaneceu tanto tempo imóvel dentro do carro, e isso seria resolvido dentro de instantes, quando fosse embora dali.

Pelo menos dez degraus, um patamar largo, mais uns dez degraus, um patamar que servia de distribuidor para a escada dividida em três — para o cassino, para a entrada principal do hotel e para a entrada de um salão de festas, fechado até a noite —, do qual partiam outros quatro ou cinco degraus até as portas propriamente ditas. Em resumo, seria fatal. Sair correndo dali, apressado e sob ameaça de fogo, era o mesmo que atravessar a passos de cancã um campo de tiro. Como peixes sendo pescados em um barril. Maldonado não podia acreditar que Echeveste não se tivesse dado conta. Era fácil de perceber, inclusive agora, antes que qualquer coisa acontecesse. Uma corrida longa demais, em um espaço aberto demais, completamente descoberto. Será que era justamente com isso que o Colorado contava? Será que ele pretendia correr loucamente para a Deusa Fortuna, confiando que não fosse ele a tomar chumbo para, assim, ser um a menos com quem repartir a grana? Maldonado não conseguia acreditar nisso. O Colorado Echeveste era um cara sério, direito. Por outro lado, era um profissional experiente, e não um idiota que participava pela primeira vez de assuntos como esse. A escadaria, então, era algo que deixara Maldonado completamente perplexo.

Concluindo que nada podia fazer a respeito — e, no fim das contas, eram outros os iriam correr, pois a ele, incumbiria, como sempre, esperar no carro —, Maldonado ligou o motor, engatou a primeira e se foi pela avenida que acompanhava o calçadão. O Hotel Cassino estava localizado onde a avenida principal de Atlántida encontrava-se com o mar, e dele se podia sair por esta avenida principal ou pela avenida à beira-mar, e esta foi a opção de Maldonado. Não só porque ali havia menos trânsito, mas também porque essa seria a rota de fuga na noite do roubo, e ele queria percorrê-la pela primeira vez, familiarizar-se com as esquinas, com os desvios, com as ramificações da avenida que, de surpresa, deixava de ser via dupla e tornava-se estreita, muito estreita, a tal ponto que, se dois carros passassem ao mesmo tempo, poderiam tocar-se de raspão. Maldonado não se apressou; pelo contrário, andou no ritmo lento daquele domingo, desfrutando do passeio. Assim como faziam as centenas de turistas que abarrotavam a cidade, ainda contagiados pelo espírito festivo que se sentia no país já havia dois anos, desde o regresso da democracia. Um regresso que ainda tinha feridas e mantinha alguns costumes de antes, mas que era festivo de qualquer forma. Mas Maldonado era indiferente a isso; tinha trabalhado tranquilamente antes dos milicos, durante os milicos e depois dos milicos. Por isso, Echeveste o deixava desconcertado quando fazia um dos seus extensos discursos políticos — "humanistas", segundo o próprio Colorado — assegurando que agora, agora sim, era o momento de voltar ao jogo e se encher de ouro. Agora que a liberdade — assim dizia

Echeveste — tinha voltado, voltaria também o tempo das vacas gordas. Maldonado tinha suas dúvidas, mas não se importava. Se o Colorado dizia que era um trabalho dos bons, para ele isso era palavra sagrada. Não lhe interessava o fato de ele não ter participado de nenhum roubo ou esquema nos últimos dez anos ou mais e ter ficado escondido — "guardado", havia dito Echeveste — sabe-se lá onde. Nesse tipo de negócio não se podia confiar em todo mundo, mas, quando se confiava, tinha que ser completamente. E era assim que Maldonado confiava no Colorado. Cegamente.

Deixou Atlántida para trás e entrou em Villa Argentina. A gradual escassez de edificações era a única indicação dessa troca de balneários. Serpenteou por caminhos de cascalho, pelos quais encontrou poucas casas, a maioria desabitada. Ao contrário do balneário próspero que havia visitado, Villa Argentina parecia não ter sido beneficiada pela mesma revitalização. A vegetação era alta e os montes, altos e gordos, apareciam entre uma casa e outra. Justamente por isso Echeveste escolhera esse lugar para a troca de carro. Seria uma ação muito simples. Sair a mil por hora no Ford, e quinze minutos depois abandoná-lo, trocá-lo por outro veículo muito menos vistoso e seguir tranquilamente rumo a Montevidéu. Maldonado não tinha escolhido o segundo carro ainda, o qual concluiria a outra metade do plano, mas já estava pensando nisso. Uma caminhonete, talvez. Algo que parecesse de serviço.

Parou o Ford em uma planície. Era ali onde trocariam de carro. Ele já tinha decidido, e o Colorado estava de acordo. A planície desembocava na nuca da Águia, uma curiosa construção que ninguém — não Maldonado, pelo menos — sabia dizer quem a tinha erguido. Era uma estrutura imponente, da qual era possível contemplar toda a praia. Não era comum isso, de se contemplar qualquer coisa a partir da Águia. Abandonada havia pelo menos dez anos, vista de qualquer lugar era desprezível. A construção sumia entre as palhas altas e mostrava marcas de deterioração por todos os lados. Exceto por alguns adolescentes que a elegeram como um bom lugar para beber ou se drogar — os mesmos que a enchiam de pichações por dentro e por fora —, ninguém vinha à Águia. Chegar rápido, trocar de carro e dar o fora. Para isso, era o lugar ideal.

Tinha sido até ali que Maldonado conseguira chegar na revisão do plano. Para continuar com o ensaio, seria preciso dirigir até Montevidéu mas, na verdade, ele não era um cara tão dedicado assim. Além do mais, estava morrendo de calor e tinha vontade de deixar o carro na casa que tinham alugado, a apenas três quadras da Águia, colocar uma bermuda e um par de chinelos e ir até a praia. Já podia ouvir o protesto do Colorado, pouco fã da exposição ao sol, e seu discurso sobre o câncer de pele e o cuidado necessário devido à "exposição massiva aos raios ultravioleta".

Que se dane o Echeveste. Ele era confiável, sim, mas tinha se tornado um pé no saco. Um chato. "Melhor assim", pensou Maldonado. Se o Colorado preferia não ir, ele podia passar a tarde toda tranquilo ali. Pelo menos naquele dia, já que depois chegaria o Soria, de Montevidéu, e aí, sim, o trabalho começaria para valer. Mas, até o dia seguinte, podiam brincar de turistas, sobretudo com teto, comida e gastos pagos do bolso de Echeveste. "Esse é dos bons, Victor", o Colorado tinha dito para ele, "tão bom que eu cubro tudo do meu bolso. Porque depois, quando a gente se encher de grana, tu vai me pagar outras férias, mas férias de verdade. Em algum lugar lindo. Taiti, que nem nos filmes. Ou vamos pro Rio, pro Carnaval do Rio".

Maldonado duvidava que a alegria pudesse chegar ao ponto de se poder convidar alguém para alguma coisa; mesmo assim, acreditava em Echeveste e, tendo visto o hotel e o movimento do cassino, estava convencido do quão rentável prometia ser o trabalho. Se não fosse a escadaria comprida demais, estaria mais convencido ainda. A escadaria era o único ponto fraco do plano que Echeveste lhe tinha adiantado. E, por mais que confiasse e acreditasse nele, Maldonado sabia que, quando havia um fio solto, qualquer coisa se podia enganchar ali e destruir todo o tramado do tecido. Até o muro mais firme poder vir abaixo por causa de um único tijolo mal assentado.

Maldonado espanou os pensamentos funestos. O que podia ser feito por ora já estava feito, de modo que não adiantava esquentar a cabeça. Bermuda, chinelos, uma cadeira, um guarda-sol, uma cervejinha e praia. Agora, era molhar os pés e ficar pensando que, no verão, as minas ficam todas lindas, até mesmo as feias.

2

Reuniram-se em um escritório vazio que Harrison Rey arrumara com um conhecido. Quando falaram por telefone, a mulher o alertara que o assunto demandaria vários dias em Atlántida, motivo pelo qual Rey entendeu conveniente organizar uma base para as operações. O escritório encontrava-se em um dos poucos edifícios do centro, com quatro andares, mas de um curioso aspecto achatado, feio, ocupado somente pela metade agora, no inverno. No final do corredor, havia um consultório dentário, que se somava a um tabelião como únicos ocupantes desse andar. Como chegara um pouco antes, Rey descobriu uma sala aos fundos do escritório, com uma *chaise longue* que pensava usar como cama, um banheiro imundo — apenas um vaso sanitário e uma pia rachada — e um balcão, onde alguém muito previdente havia instalado um fogareiro a querosene. A parte da frente, ou seja, o escritório em si, não era muito melhor do que isso: uma mesa de fórmica — dessas de sala de jantar —, duas cadeiras completamente diferentes uma da outra e um arquivo vazio — que sabe-se lá que função já havia cumprido um dia. Um calendário do ano anterior, marcado de maneira caprichosa, era a sua única decoração.

A mulher vinha de berço de ouro — Rey já o tinha percebido quando falou com ela dias antes —, mas, se o lugar em que se encontravam a repugnava, não o demonstrou. Ela era argentina, e dava para perceber pelo sotaque. Ela parecia desconfortável, não exatamente por causa do escritório pavoroso ou pelo fato de estar ali com um completo estranho, mas devido à causa daquele encontro. Irene Gorland sentou-se em uma das cadeiras e revirou o interior de uma bolsinha de couro até tirar dali um maço de cigarros longos europeus. Vê-la acender um deles provocou em Rey uma imediata vontade de fazer o mesmo; procurou um maço pelos bolsos da jaqueta, mas foi em vão. Não teve coragem de pedir um cigarro à Irene, e ela não fez menção de oferecer-lhe um.

— Obrigada por vir — ela disse, sem olhar para ele. Rey apenas assentiu com a cabeça.

Ela fumou em silêncio por alguns instantes, apreciando o cigarro de tal maneira que deixou Rey com água na boca. Ele decidiu impor-se um estado de imobilidade absoluta, para concentrar-se e parar de farejar a fumaça como se fosse um cachorro. Irene deu mais duas pitadas e, de repente, jogou o cigarro no chão, apagando-o com uma pisada. Rey quase deixou escapar um soluço.

— Tu é o quê, mesmo? — perguntou Irene.

— Como assim?

— Um investigador? Um assassino profissional? O quê?

Harrison Rey encolheu os ombros e não respondeu. Ela encarou-o fixamente.

— Meu irmão sempre foi um inútil. *Bom em não fazer nada*, dizia o meu pai, o que era uma maneira elegante de dizer que Pablo era um grande *boludo*. Meu velho sempre trabalhou e levou adiante a empresa, que foi fundada pelo meu avô, e esperava que os filhos fizessem o mesmo. Mas meu irmão não queria nada com nada. Vivia de farra, não parava em casa. Quando o meu velho morreu, parei de tentar obrigar meu irmão a fazer alguma coisa da vida. Eu tava de saco cheio dele. Mas foi aí que o imbecil deu um giro de cento e oitenta graus e, com quase quarenta anos na cara, começou a querer bancar o empresário.

Ela engoliu saliva depois da longa palestra, e Rey aproveitou para analisá-la. Ela também estava na casa dos quarenta, mas ainda tinha um ar juvenil concedido pela boa genética ou pelo dinheiro. Tinha madeixas curtas e loiras, e não pintava nem escondia os poucos fios brancos que ali se infiltravam. Seus traços eram delicados e, mesmo que provavelmente tenha estado em melhor forma no passado, continuava sendo uma mulher bonita e que sabia decorar bem a embalagem. Irene continuou:

— Pablo botou na cabeça que metade da empresa era dele. Eu nunca ia deixar meu irmão sem nada, mas... metade da empresa, caralho? O imbecil chegou a me ameaçar com advogados. No fim, ele me contou a cagada que queria fazer com a grana: queria comprar um hotel carcomido no Uruguai. E não era em Punta ou em Rocha, mas na puta que o pariu, um balneário, cheio de velhos, em Canelones. Balneário Atlántida. Tive que procurar no Google para descobrir onde ficava essa merda.

No começo, Rey tinha pensado que o tom e a linguagem de Irene eram grosseiros para tentar impressioná-lo, mas acabou percebendo que, na verdade, ela não estava falando com ele. Genuinamente, estava resumindo em voz alta tudo o que ela tinha passado — e o que lhe tinha passado pela cabeça — nos últimos tempos. Era uma mulher que se fizera sozinha, uma mulher forte. Ele gostou disso, claro que gostou. E gostava mais ainda do cheiro de grana abundante que exalava dela.

— Esse hotel está fechado há uns quinze anos. Foi um desastre. Um péssimo negócio em todos os sentidos. Mas o Pablo botou na cabeça que ia fazer umas reformas e que este ia ser o grande projeto da vida dele. Pode ir lá quando quiser, fica na avenida da praia. Está todo cheio de ratos e de vagabundos mijando e cagando por tudo lá.

— Não acho que haja muito vagabundos em Atlántida — Rey interveio no seu relato pela primeira vez.

— Vagabundo tem em tudo que é canto — Irene respondeu, olhando com severidade, ao ponto de Rey se perguntar se não estaria incluído em tal qualificação. — Bem, como ele encheu muito o meu saco, encheu e encheu, eu dei para ele a grana da oferta. Pensei que ele não ia conseguir fechar o negócio; era muito dinheiro para nós, e não só por causa da diferença do câmbio. Mas ele conseguiu. Comprou essa ratoeira e se mudou para cá uns três meses atrás. Pra ficar cagado de frio no inverno e "controlar as reformas", ele dizia.

— Aham — fez Rey, só para dizer algo. Começava a se entediar com o assunto.

— As reformas demoravam mais do que o esperado. Eu acho que viram a cara de trouxa do Pablo e começaram a enrolar... mas tiraram o lixo e os escombros, arrumaram parte do encanamento, alguns banheiros, a câmara frigorífica da cozinha. Fizeram o grosso do trabalho, digamos assim. E o lado bom de tudo isso era que o Pablo estava aqui, no Uruguai, e não enchendo o meu saco em Buenos Aires. Durante todos esses meses, quase não tivemos contato, só quando ele me pedia mais dinheiro pra pagar umas coisas aqui e outras ali.

— Até que...

— Até que me ligaram, anteontem de noite. De uma base naval. Um marinheiro encontrou Pablo na praia, de madrugada. Ele teve muita sorte; se fosse encontrado pela manhã, já seria um presunto. — Não mostrava nenhuma emoção ao falar de seu irmão, como se fosse um pedaço de carne. — Deram uma surra federal nele.

Crânio rachado, hemorragia interna, costelas fraturadas, um braço quebrado.

— Ele está consciente?

— Até parece! Ele está em coma profundo, e me disseram que o mais provável é que não saia dessa. Nós o transferimos para uma clínica privada em Montevidéu, mas foi só pelas aparências. Só um milagre para ele acordar.

Rey coçou o queixo, bem onde já estava precisando fazer a barba. Queria terminar a reunião o quanto antes para ir comprar cigarros de uma vez.

— Entendo... — Na verdade não entendia muito, mas já era o suficiente por ora. — E a senhora pretende que eu faça o quê?

Irene Gorland voltou a olhá-lo fixamente. Harrison Rey também sustentou o olhar e, enquanto o fazia, buscava distinguir a cor dos olhos dela. Oscilava entre verde e azul. Algo inquietantemente indefinido. Ela não parecia prestar atenção aos olhos dele. Parecia medi-lo. Estava decidindo até que ponto poderia confiar naquele homem grande, nem velho nem jovem, de cara comum, desses que cruzam por nós na rua e que, três passos depois, nem nos lembramos de ter visto. Estava decidindo até que ponto poderia pedir e confiar, até que ponto seria possível colocar-se nas mãos dele. E Rey pôde perceber que ela viria com tudo; foi isso que indicou o brilho furioso que de repente se instalou em suas pupilas.

— Descobre quem são as pessoas que fizeram isso com o meu irmão. Encontra quem espancou o Pablo pra matar. Seja quem for, tu precisa encontrar e primeiro descobrir o porquê. Por que o arrebentaram dessa maneira?

— E depois?

— Depois dá cabo deles. Deu pra entender?

— Perfeitamente.

— Tem algum problema com isso?

— Nenhum.

Irene ficou de pé e voltou a procurar na bolsa. Rey quis acreditar em transmissão de pensamento e que ela lhe ofereceria um cigarro, mas acabou tirando da bolsa um envelope. Por razões alheias ao caso, o sangue de Rey congelou por um momento. Muitos envelopes tinham passado pela sua vida, e deixá-los para trás lhe tinha custado uns bons dez anos. Mas esse envelope era muito mais agradável. Estava cheio de dinheiro.

— Espero que seja o suficiente. — Irene já estava de saída. — Se não for, me avisa. Aqui tem o número do meu celular se precisar falar comigo.

— Claro, sem problema.

Harrison Rey ficou observando-a enquanto saía do escritório. Demonstrando grande autocontrole, contou devagar até quarenta. Depois correu escada abaixo, para ir atrás dos tão desejados cigarros.

O músculo

A água da chaleira ferveu. Soria despejou a água quente na térmica. Para inchar a erva do mate, usou a metade de um copo com água fervente e completou-o com água fria. O que sobrou da água, ele despejou em uma bacia de latão e a levou até o banheiro dos fundos. Mergulhou o sabão em barra na água, tão quente que queimou suas mãos, e as esfregou até fazer espuma. Cobriu o rosto, de maneira minuciosa, deixando descobertos apenas os olhos e a testa. Tirou a navalha e a pedra de afiar do estojo.

Enquanto o sabão assentava na cara, afiou a lâmina, deixando escapar ocasionais faíscas azuladas. Barbeou-se com cuidado, com minúcia. A mandíbula, as bochechas, as costeletas, o queixo, o bigode. A lâmina afiada esquentava a cada mergulho na água quente, e queimava, ao passar pela pele. Afiou-a novamente quando alcançou a metade exata do barbeado. Com a cara limpa de sabão e de barba, Soria engoliu o muco que o vapor havia amolecido. Pegou o sabão e fez mais espuma. Com o mesmo cuidado e minúcia, cobriu o crânio por completo com o sabão — não foi difícil, pois era mínima a camada de cabelo, que pinicava ao contato. Voltou a afiar a navalha enquanto olhava em um pequeno espelho o seu rosto avermelhado. Ras. Ras. A lâmina passava raspando o crânio e tirava o cabelo. Não levou muito tempo, quinze minutos no máximo. Quando terminou, contemplou-se no espelho. Não restou um só fio de cabelo em toda a cabeça, e os olhos azuis pareciam dançar naquele rosto anônimo, como duas manchas no rosado, no avermelhado que lentamente voltava ao pálido original. Apenas as sobrancelhas, finas e pretas, conferiam-lhe traços humanos.

Tomou alguns mates enquanto repassava tudo o que tinha guardado na mala. Lá longe, lá em cima, passou um avião. O galpão que Echeveste escolhera era tão próximo do aeroporto de Carrasco que se podia ouvir o brommmm dos aviões em intervalos regulares. Soria já estava acostumado, mas as primeiras noites foram difíceis. Ele se certificou de que o galpão estava em ordem — para isso permanecera ali enquanto seus colegas tinham ido para o leste. Não havia muito a fazer, mas Soria era metódico e rigoroso. O galpão, largo e amplo, estava limpo. Soria o tinha varrido com muito cuidado. As ferramentas, os barris e os instrumentos de colheita repousavam contra as paredes, pendurados, inclusive aqueles que não eram feitos para serem pendurados. Não havia nada a estorvar o caminho ou que pudesse dificultar a eventual entrada de um carro. O outro carro — o seu próprio, um Chevrolet Impala azul-brilhante do qual cuidava com o mesmo rigor com que fazia a barba — estava coberto por uma lona verde, à direita do espaço livre. O galpão em San José de Carrasco era o ponto final do plano de Echeveste, o lugar onde iriam dividir o dinheiro antes de que cada um seguisse o seu caminho.

Soria não confiava no Colorado. Sabia, porém, como todo mundo, que Echeveste trabalhara bem e bastante ali pelo fim dos anos cinquenta e grande parte dos sessenta. Mas o mundo havia mudado. E o Colorado passara dez anos metido sabe-se lá onde. Sempre que falava da sua "década perdida", Echeveste perdia-se em incoerências tremendas, absurdos que, em alguns momentos, o colocavam num esconderijo dos tupamaros, ou torturado e abandonado em um poço, ou exilado na Suécia ou sabe-se lá quantas coisas mais. Soria não gostava nada disso, mas não queria confrontá-lo e limitava-se a escutar em silêncio. Tinha sido ideia sua incluir alguém como Echeveste. Agora estava quase arrependido, mas antes, quando o trabalho estava recém tomando forma, Soria sentiu-se inseguro. Não que ele fosse apenas um reforço ou o homem para a violência. Podia — e, de fato, assim fizera em várias ocasiões — encarregar-se sozinho de um trabalho como aqueles ou coordenar outros mais. Porém, em uma primeira análise, o Hotel Cassino era grande demais e tinha gente demais, a segurança era desconhecida e também a geografia do local, as vias de escape. Este trabalho — foi a conclusão a que chegou então — superava sua capacidade. E aí, por vários motivos que agora não vêm ao caso, surgiu o nome do Colorado Echeveste. Era a opção mais lógica, dadas as circunstâncias, mas Soria agora se perguntava se tinham feito a coisa certa.

O lado bom foi que, junto com o Echeveste, veio o Maldonado. Soria confiava no Maldonado. Por trás daquele bigode de morsa ridículo e do olhar bovino, havia um Fangio, um Lauda, um Prost. O que Víctor Maldonado podia fazer no volante de um carro era arte, magia, talento puro. Ele era incapaz de fazer qualquer outra coisa, mas dele não se esperava nada além do que aquilo que sabia fazer com maestria. E o Maldonado, sim, confiava no Echeveste. Soria não sabia dos detalhes, mas o certo era que o motorista o seguia com uma lealdade canina. Talvez um tenha sido o mentor do outro, quem sabe. Soria não se importava com os porquês; estava grato por Maldonado estar nesse projeto junto com ele.

Com tudo pronto e a térmica vazia, Soria limpou a

cuia, jogando a erva-mate junto a uma acácia. Enxaguou a cuia e a bomba no banheiro para depois guardá-las na mala. Não arriscou colocar as pistolas ali, duas automáticas 9mm, mas confirmou que estavam carregadas e as colocou em um coldre de couro duplo, que tinha sido trazido especialmente da Europa e podia ser disfarçado com facilidade no quadril de um homem grande como ele.

Soria sentia-se preparado, pronto, afiado como a navalha que descansava na mala, entre a roupa e o mate. Como sempre acontecia quando estava prestes a começar um trabalho, ele sentiu uma pontada de ansiedade na boca do estômago, uma lembrança de tensão que só diminuía quando entrava em ação. Então, era como se ele se transformasse em um espectador de tudo o que acontecia. Via os demais e a si mesmo como se estivesse de fora, como se estivesse cumprindo um papel previamente estabelecido, um destino já escrito e, como tal, invariável.

Estava ansioso para começar logo esse trabalho. Era uma ideia surgida uns quatro meses antes. Soria sabia que se tudo saísse bem, se a grana fosse tanta quanto supunham, seria uma boa chance para enfim se aposentar. Aquele dinheiro que todo malandro profissional espera poder juntar e que, no fim das contas, nunca consegue. A aposentadoria era uma quimera que, de tão repetida, oscilava entre o mantra e a brincadeira. Ninguém levava isso a sério, mas Soria achava que sim, que essa podia ser a chance, que esse trabalho poderia realizar esse sonho, que era possível invocar esse espectro. Vez ou outra, a esperança de conseguir o dinheiro para a aposentadoria lhe cruzava o caminho, mas nunca com tanta contundência ou possibilidade real como aquela. Soria interrompeu seus pensamentos. Chega de pensar nessas coisas, disse a si mesmo. O que tiver de ser, será.

Verificou uma última vez se tudo estava em ordem no galpão, se a janelinha do banheiro estava fechada, se o Impala estava coberto completamente e, ao sair, trancou a porta com uma corrente grossa e um cadeado. Como fazia todos os dias, olhou insistentemente ao seu redor, buscando vizinhos, transeuntes casuais ou curiosos desafortunados. Nada. Assim como nos outros três dias em que esteve ali, tudo estava tranquilo. Era este um galpão perdido entre campos não trabalhados, pastagens altas e coxilhas. Não tinha outra companhia além do canto das cigarras, do sol que já brilhava alto e começava a esquentar, e dos aviões que passavam de vez em quando no céu.

De repente, em um supetão, o morto o surpreendeu. A imagem relevou-se nítida, real, bem junto da acácia, onde tinha jogado fora a erva-mate. O morto estava, como de costume, com aquela jaqueta de couro avermelhado e múltiplos fechos, que brilhava como se fosse lustrada diariamente, mas era o brilho do contato com a oleosidade. Estava sentado no chão contra a árvore — atirado, ou melhor dizendo, como se a morte o tivesse obrigado a amolecer o corpo e cair contra a acácia. Olhava-o com deboche, como sempre. Os bigodes, a barba cerrada. O cabelo seboso, longo e com alguns fios brancos. O morto o encarava e, se pudesse levantar-se e ir a seu encontro, com certeza o faria. Uma mosca pousou em seu lábio inferior, inchado, desmesuradamente grande, talvez no início da decomposição. A mosca percorreu devagar a cara do morto, sem que este desviasse os olhos, fixos em Soria. A mosca seguiu pelo seu nariz, passeou entre as sobrancelhas, ameaçou desviar para um olho, mas continuou a escalada do rosto. Quando chegou ao buraco da bala, exatamente no meio da testa, o morto sorriu. A saliva escorria por entre os seus dentes, e era uma saliva sanguinolenta. A cabeça pendeu sem forças, como a de um fantoche mal manipulado, assentindo o cansaço.

Soria voltou a si. A acácia estava vazia, já dava um pouco de sombra, e uma mosca percorria a erva seca, misturada à terra. Em algum lugar, cantaram as rãs junto ao coro de cigarras. Prometiam uma chuva que não se deixava entrever pelo céu claro, dolorosamente celeste. De onde cantavam? Era um mistério. Não havia poças de água, poços ou arroios perto do galpão. Mas ali estavam, com seu nheee agudo. Os gritos das rãs e das cigarras tornavam-se ensurdecedores.

Insuportáveis.

Soria, decidido, pegou a mala do chão, puxou uma última vez a corrente e o cadeado para comprovar que estava bem trancado, deu meia-volta e se distanciou do galpão sem dedicar outro olhar para a acácia. Saiu rumo ao Giannattasio, onde esperava conseguir pegar o ônibus das nove para Atlántida.

3

Harrison Rey desceu à praia por uma longa escadaria. Apesar do frio, era um meio-dia claro, e o sol dava uma falsa sensação de calor. Enganado por isso, Rey havia deixado a jaqueta no carro, e agora estava tremendo. A opção lógica era voltar para buscá-la; em vez disso, apertou o passo e decidiu se aquecer caminhando rápido. Não sabia onde exatamente Gorland havia sido atacado, porém, pelo que investigara até então — na verdade, pelo que lera nos jornais —, estimava que fosse no trecho de praia em frente ao Hotel Cassino. O edifício, um dos poucos com mais de três andares na avenida que contornava a orla, servia-lhe de farol. Cruzou com algumas pessoas na sua caminhada, mas poucas. Atlántida não era convidativa para que muitos descessem à praia no inverno, muito menos numa quarta-feira perto do meio-dia.

Um dos jornais locais trazia informações complementares sobre o ataque: dizia que a vítima havia sido encontrada com a carteira — e que, dentro dela, havia "uma quantia considerável" — e também com sapatos, "de marca e boa qualidade". Segundo esse jornal, tratava-se de um dos atentados mais violentos e sem sentido já vistos pela Comuna Canária. Além disso, afirmava que a polícia investigava "várias pistas", o que era o mesmo que nada, e que não se descartava a possibilidade de ter sido uma "ação irracional de um grupo de jovens consumidores de álcool e drogas".

Rey caminhou pela beira da praia, evitando a água, até ficar paralelo ao hotel. Com relutância, começou a procurar por elementos que indicassem onde havia ocorrido a surra, mas já se tinham passado dois dias, e a areia é dessas superfícies que tendem a não se manter imóveis. Em poucos minutos, eliminou a possibilidade de encontrar qualquer coisa que fosse. A surra poderia ter acontecido em vários lugares — ou em lugar nenhum. Enquanto roía uma unha, Rey formulava em um plano de ação. Descartou a ideia de falar com o marinheiro que encontrara Gorland agonizante na praia. Mesmo que o localizasse, não acreditava que ele pudesse contribuir com qualquer informação útil. Além do que, considerando a sua tarefa, não era bom apresentar-se ante qualquer tipo de autoridade. Aparentemente, não houve testemunhas, ou ao menos ninguém se apresentara para depor. O mais provável era que, de fato, ninguém tivesse testemunhado o episódio. Se, ao meio-dia, eram escassas as pessoas por ali, que dizer da meia-noite?

Rey estava congelando, então começou a escalar as dunas. Queria contemplar a praia dali ou de um pouco mais para cima, da altura da orla. Seus pés afundaram na superfície macia e gelada, e imediatamente os sapatos se encheram de areia. Praguejando baixinho, conseguiu chegar até o topo. Fazia anos que não visitava Atlántida. Na verdade, não se lembrava de quando havia sido a última vez. Achou o lugar extremamente edificado. Para onde quer que dirigisse o olhar, havia casas. Casas, casas e mais casas. Um que outro edifício apenas. Tudo urbanizado até dizer chega. Só mais para os lados de Villa Argentina — onde reconhecia a construção da Águia, estranha como sempre fora — o processo de edificação parecia mais lento. De repente, ocorreu-lhe uma ideia maluca, de que Pablo Gorland pudesse ter sido espancado por ecologistas fundamentalistas do balneário, que pretendiam estancar a urbanização de Atlántida. A ideia arrancou-lhe um sorriso. Deu meia-volta e saiu da praia.

O Hotel Cassino contrastava categoricamente com a imagem de progresso irrefreável do restante do balneário. Encontrava-se em estado deplorável. A fachada, que tivera seus momentos de glória, evocava os grandes hotéis europeus da Costa Azul, com suas longas escadarias, suas varandas frontais e a sua arquitetura art déco. Em algum momento, o mau gosto de algum proprietário fizera a sua parte, colocando cartazes gigantes na fachada, que anunciavam em letras maiúsculas "HOTEL CASSINO", "ÁGUAS TERMAIS", "PISCINA CLIMATIZADA", tão invasivas que cobriam até mesmo as janelas de alguns quartos. O que não tinha sido coberto pelos cartazes estava descascado, com rachaduras aparentes devido à umidade. Viam-se sinais de reformas, mas não muitos. Alguns andaimes colocados de qualquer jeito em um canto e sem cumprir função nenhuma. Um cartaz anunciava haver ali uma reforma, ou que, um dia, ela ocorreria, a cargo de Martínez Arquitetura e Méndez Construções.

Harrison Rey sentou-se por um momento no gradil que delimitava o calçadão e tirou os sapatos. Bateu-os contra o concreto para tirar a areia e foi surpreendido por um espirro vindo da construção. Dois operários, com capacete e tudo, olhavam-no da entrada do hotel enquanto fumavam sentados nos primeiros degraus da imensa escadaria.

— Vocês me conseguem um cigarro? — pediu Rey ainda faltando vários passos para chegar a eles. Quando chegou, um dos homens, um quarentão grisalho, já o esperava com um cigarro em mãos e o acendeu antes de entregá-lo a Rey, que agradeceu com um meneio de cabeça e se sentou junto aos homens, que pareceram surpresos.

— Como anda o trabalho? Devagar? — perguntou.

— Sim… — respondeu o grisalho.

— Foi o dono desse hotel que espancaram na praia no outro dia — comentou Rey, e não era uma pergunta.

— Pois é, que droga. Horrível isso — assentiu o mesmo interlocutor. O outro seguia em silêncio, e Rey percebeu-o um pouco nervoso.

— Sabem o que aconteceu?

— Não, não sabemos de nada.

— Um grupo de delinquentes?

— Pode ser, pelo jeito que o homem foi encontrado. Mas ainda não se sabe ao certo.

— E as obras? Vão continuar mesmo assim?

— Por que tantas perguntas? — interrompeu o segundo operário, que se levantou e enfrentou Rey. Agora que podia vê-lo mais de perto, notou que era um homem jovem, pardo, grande. Os olhos vermelhos e o cabelo preto cheio de caspa. Rey o deixou no vácuo por alguns segundos, enquanto dava uma longa pitada no cigarro. Só então sorriu.

— A irmã do cara está me dando uma grana para descobrir quem foi que deu a surra.

O grisalho assentiu, mas o jovem se aborreceu, sem se dar por satisfeito.

— E por que te fez de idiota, então? Vem assim e nos enche de pergunta, como quem não quer nada? Qual é o problema?

Rey deixou de sorrir. Jogou fora o cigarro e levantou-se devagar.

— Não tenho problema nenhum. Mas tu tá muito nervoso, rapaz.

Os olhos do operário brilharam de raiva ao ver Rey parado à sua frente. Eram do mesmo tamanho, mas não pôde deixar de se amedrontar diante do olhar gelado que agora se deitava sobre ele.

— Ei, te acalma — pediu o grisalho, que não parecia muito preocupado, nem especificou para qual dos dois pedia calma. — O Roger tá nervoso porque andam acontecendo coisas estranhas, além da surra no dono.

— Coisas estranhas? Que tipo de coisas estranhas? — perguntou Harrison Rey, que continuava olhando fixamente pro tal de Roger, até que este baixou o olhar e acabou respondendo:

— Entraram na obra na semana passada...

— E? Sumiu alguma coisa?

— Ninguém deu falta de nada, mas tava tudo revirado. Tiraram umas tábuas do fundo e entraram.

Rey pensou por um momento e voltou a roer a unha, que acabou lascando.

— Não viram ninguém?

— Não — negou o grisalho com a cabeça. — Não tem ronda pra cuidar da obra de noite. O portenho... digo, o *patrão* achava caro demais.

— Mas eu vi alguém — declarou Roger, colaborativo de repente.

— Aqui? Dentro da obra? — perguntou Rey.

— Não, na obra não. Mas aqui perto, na volta. Bisbilhotando. Chamou minha atenção porque não tem muita gente no meio da semana no balneário, e esse bigodudo eu já tinha visto duas vezes, na terça e na quinta da semana passada.

— Como era o cara?

— Bigodudo, como eu já disse. Um homem velho...

— Alto, baixo?

— Não sei, estava num carro. Nas duas vezes, ficou estacionado em frente ao hotel, olhando. Não tinha nenhum outro carro além do dele, por isso eu notei. Ficou aqui por um bom tempo.

— E o carro?

— Quê?

— Como era o carro?

— Ah, não sei... eu não entendo nada de carros. Um cinza, desses quadradinhos... disso eu lembro. Um Fiat Uno talvez...

Rey voltou-se para a rua e os dois operários o imitaram. Parecia que estavam esperando o carro cinza, que podia ser um Fiat Uno, aparecer de repente e confirmar a informação.

Não passou nenhum carro.

— A obra tá parada — disse o grisalho, acendendo outro cigarro. — Não sei o que a irmã desse homem vai decidir, mas por enquanto não temos ordens para continuar. Hoje e amanhã já estão pagos, e o sindicato não deixa a gente sair daqui, mas a verdade é que não estamos fazendo nada... e nem sei se vamos voltar depois de amanhã se continuar desse jeito.

Rey assentiu, sorriu novamente para Roger — que não só não devolveu o sorriso como novamente o olhou com desconfiança —, mais uma vez agradeceu o cigarro e se despediu. Voltou para o carro caminhando pelo calçadão. Já estava farto da areia e, ainda por cima, dava sinais de ter pegado um resfriado.

O cérebro

O Colorado Echeveste encheu as mãos em concha com água gelada e jogou-a na cara. Com as gotas ainda no rosto, olhou-se no espelho do banheiro. Estava preocupado com as olheiras. Estava preocupado com o cansaço que elas evidenciavam. Estava preocupado justamente com aquela cara de preocupação. Ele era o líder, o cara que pensava, o que tinha que transmitir confiança aos outros. Mesmo que seus colegas já tivessem cruzado a casa dos trinta, ele, que era uns vinte anos mais velho, não podia deixar de vê-los como uns rapazotes que precisavam de cuidados e conselhos. Especialmente o Víctor, a quem ajudara a estrear no ofício, lá pelo fim dos anos sessenta. Ficava preocupado, sentia-se responsável. Mas não era só isso; é que as coisas tinham mudado muito e não eram mais tão simples.

Não é que, antes, as coisas fossem simples. Mas sabia que, depois da ditadura, a violência era outra. O país tinha perdido a sua inocência — costumava dizer Echeveste, naqueles longos discursos que Maldonado preferia não ouvir — e agora se chegava aos extremos com uma facilidade demoníaca. O Colorado ainda recordava seus primeiros roubos, feitos na base da atitude. Sem levar uma faca sequer! Sem dar um único soco! Agora, ele sabia, haveria tiros, por mais cuidadosos que fossem. Tiros, sangue e talvez algum morto. A ideia o congelou, e ele se concentrou nas íris refletidas no espelho. Ali estava. Puta que pariu. Ali estava o medo outra vez.

Secou o rosto e o cabelo ainda úmido com uma toalha. O banheiro da casa de Villa Argentina era puro azulejo azul-celeste com florezinhas e ornamentos rococó. Como em qualquer casa de aluguel de verão, tudo era de segunda mão — com pouco uso, mas gasto mesmo assim. Grande parte do banheiro se molhou quando ele tomou a ducha, então o secou o melhor que pôde com um esfregão. Colocou uma calça de moletom e uma camiseta de mangas longas. Vestido, o corpo constantemente magro parecia jovem e vigoroso. Mas Echeveste não se enganava. Os braços e as pernas estavam cheios de varizes, carregava uma pancinha flácida, algumas rugas riscavam sua cara e o ruivo do cabelo já não tinha o mesmo brilho. Ainda por cima, começava a se borrar nas calças só de pensar nos problemas, antes mesmo de as coisas começarem. Era vergonhoso isso.

Estava sozinho na casa. Apesar de seus conselhos, Víctor tinha ido para a praia. Em pleno meio-dia! Que foda, hein, que pouca vontade de se cuidar. Ele, por outro lado, se cuidava muito. O máximo que podia. Evitava exposição ao sol e, quando não tinha escolha, protegia-se no limite do possível. Usava calça, mangas compridas, chapéu e óculos escuros. Olhava-se obsessivamente no espelho, tentando contar as sardas que sempre cobriram seu rosto, mas que agora pareciam ter aumentado pelo menos cinco vezes. Sabia que esse gesto despertava olhares atravessados. Víctor guardava para ele alguma tolerância; Soria, nenhuma. Echeveste tinha muito carinho pelos dois, mas a verdade é que Soria o intrigava. Bom, ele não só o intrigava, muitas vezes o assustava. Alguma coisa tinha mudado em Soria durante os mais de dez anos que o conhecia — este Soria, que ele reencontrou depois de um tempo, já não era o mesmo. Havia algo no olhar, que se fixava nas paredes, nos móveis ou se perdia no simples vazio por algum tempo. Vendo sabe-se lá o quê. E então ele reagia e te olhava como se não te conhecesse, como se tu fosse um pregador, um desses Testemunhas de Jeová, que te aparecem na porta num domingo bem na hora da sesta. Além disso, tinha essa mania de se raspar. Aquela cabeça completamente raspada — um presente para os perigosos raios ultravioleta — era uma maneira tosca de chamar a atenção. Soria, destacado pelo branco da careca, podia ser encontrado no meio da multidão. O Colorado tinha como parte do plano oficial convencê-lo que ao menos usasse uma touca. Se bem que, no momento em que entrassem no cassino, uma touca não valeria de nada.

Outro aspecto que o deixava com o pé atrás era o reaparecimento de Soria na sua vida. É verdade que no começo não tinha reparado — Soria era um dos tantos que andavam sempre por perto, cujo nome estava na ponta da língua quando se começava a falar de algum trabalho. Mas... caralho! Ele mal tinha recebido a informação, e apareceu. Bem na hora. Em um primeiro momento, Echeveste nem tinha percebido isso; muito pelo contrário, agradeceu a oportuna aparição. Mas, depois de um comentário casual de Maldonado — este, sim, ele teve que procurar e, inclusive, perseverar para encontrar —, um "ah, que bom que o Soria apareceu. Ele andava sumido", a pulga voltou a coçar atrás da orelha.

Agora, olhando-se no espelho, perguntava-se o quanto dessa dúvida, dessa desconfiança, era precaução lógica e o quanto era um medo vergonhoso. Porque, cagado de medo como ele estava, não mentia a si próprio. Limitava-se a mentir aos demais. Mas não era nenhum imbecil, não senhor. E o fato de Soria aparecer do nada, depois de dez anos, fazia suas entranhas se retorcerem.

— Oi... alguém em casa? — surpreendeu-lhe uma

voz da rua.

O Colorado saiu apressado do banheiro e cruzou a sala de estar até a porta, que Maldonado havia deixado entreaberta, apenas com um gancho. Soria estava lá fora, como se duvidasse estar no lugar certo. Echeveste engoliu a saliva, recompôs-se e abriu a porta com seu melhor sorriso.

— Soria, rapaz! Chegou!

O careca entrou sem dizer nada, carregando uma mala que aparentava ser bastante pesada e que marcava a sua mão. O Colorado deixou-o passar e então trancou a porta. Soria olhou-o de soslaio.

— Fez boa viagem? Tudo em ordem lá em Carrasco?

— Sim.

— Fico feliz, nossa, quanto me alegra.

Echeveste mordeu os lábios para não continuar falando. Sentia que estava forçando a barra e que Soria poderia adivinhar a desconfiança que havia cruzado sua cabeça ruiva segundos antes. O Colorado sabia que quanto mais ele falasse, quanto mais ele tentasse agradar, pior seria.

— Tem um quarto nos fundos pra ti. Eu divido um com o Víctor, te deixamos o outro. É um quarto pequeno...

— Obrigado. É o suficiente pra mim.

Soria seguiu até o quarto mencionado, onde, com um baque seco, deixou cair a mala no chão. Abriu as persianas — que davam para o pátio da casa, cheio de ervas-daninhas — e se banhou com o sol. Echeveste não conseguiu evitar balançar a cabeça como em reprovação.

— Comeu? — Era mais forte que ele, o que podia fazer? Soria fez uma cara de pouco interesse. — Vem, vou fritar uns ovos pra ti.

— Não precisa.

— Deixa de ser idiota, alguma coisa tu tem que comer. Vem.

Parecia que Soria ia falar mais, mas no fim encolheu um pouco os ombros e foi.

— E o Maldonado? — perguntou enquanto se sentava à mesinha da cozinha e Echeveste estava de costas, com uma frigideira e uns ovos nas mãos.

— Na praia.

— Já temos tudo?

— Quase.

— E o plano?

— Já tá pronto.

Houve um silêncio, interrompido apenas pelo fritar da comida.

— Não vai me contar?

Echeveste virou-se e soltou um sorriso que não foi correspondido.

— Quando o Víctor estiver junto. E depois de fazermos uma visita importante.

— Aonde?

— Ao cassino, é claro, aonde mais?

— Vamos ao cassino? Mostrar a cara?

— Vai um monte de gente ao cassino todas as noites. Ninguém vai nos notar. — Ao dizer isso, Echeveste não conseguiu desviar os olhos da careca reluzente, recém-raspada. Suspirou.

— E por que vamos? — Soria não estava convencido.

— Não podemos entrar lá só com informações de terceiros. Temos que conhecer bem o lugar, para depois não sermos pegos de surpresa por uma porta que não vimos, ou uma janela, sei lá.

Soria o olhou em silêncio por mais uns segundos. Não podia dizer a ele que já tinha visitado o cassino muitas vezes e que o conhecia muito bem. Portanto, acabou concordando.

— Tá bom.

— Levamos o Víctor também, senão ele nem vai conhecer por dentro.

— E por que o Víctor tem que conhecer por dentro?

— Pra jogar um pouco… me pediu no outro dia.

— Não estamos de férias, Colorado.

— Eu sei que não estamos de férias, rapaz! Mas também não temos por que recusar um pedido desses, não é?

Soria olhou-o, sério e em silêncio. Percebeu que Echeveste não suportava ser encarado. Sentiu uma ponta de asco. Asco e um pouco de arrependimento. Aquilo não ia acabar bem.

— Se tu diz… — concedeu, por fim.

— Isso! Vamos colocar um pouco de diversão nesse trabalho! — O Colorado serviu os ovos com um pedaço de pão e, sem seguida, encheu um copo com água.

Soria mastigou devagar, o olhar concentrado no prato. Os ovos estavam bons, e ele se sentiu culpado por tudo o que planejara. Por saber que não terminaria a semana sem trair os seus parceiros e que, além disso, certamente Echeveste e Maldonado estariam mortos até lá.

4

— Meu pai sempre dizia que a era de ouro tinha sido nos anos sessenta. O hotel foi inaugurado em cinquenta e cinco e, alguns anos depois, teve um boom. E nos sessenta era parada obrigatória para a *crème de la crème*. Por um tempo, competiu até com Punta del Este. Vinham atores, cantores, daqui e da Argentina. Até os brazucas vinham aqui. Era uma grande festa, pelo que o meu velho falava.

Harrison Rey assentiu ao mesmo tempo em que dava uma grande mordida no seu misto-quente. O queijo derretido caía de sua boca, dependurado, e ele, com um gesto acrobático, colocou-o para dentro com um giro.

— A farra durou, como quase tudo, até a ditadura. Aí, os planos econômicos, como a *tablita*, conseguiram foder com tudo... Com o peso uruguaio, com o hotel e o balneário inteiro… — O homem tentou abarcar a imensidão abrindo os braços, e Rey voltou a assentir, compreendendo. — … mas, depois, voltou à ativa. Em meados dos anos oitenta, reabriu com tudo. Eu era guri, mas me lembro desses tempos. Todo mundo tava cheio de vontade de fazer festa, de aproveitar a vida, sabe? Voltavam os uruguaios que tinham ido embora e alguns voltavam com dinheiro, então acontecia muita coisa. E as pessoas queriam sair e se divertir. Foi mais ou menos nessa época que reabriram o hotel e o cassino.

O homem virou-se para a máquina de café, que soltava vapor. Tinham acabado de pedir um capuccino, e bem prepará-lo era um processo a requerer cuidado. Rey o deixou entretido com o café enquanto terminava o seu sanduíche. O vapor, por alguns instantes, envolveu o barista e o forçou a fechar os olhos. Quando o longo copo de vidro se dividiu perfeitamente entre café, leite fervente e espuma, foi colocado em um pratinho e entregue para o garçom que esperava com paciência e em silêncio. O garçom adicionou envelopes de açúcar e adoçante ao prato; depois se afastou.

— O que eu dizia? — voltou-se para Rey.

— Que o cassino foi reativado.

— Ah, isso. Bom, voltou a abrir e as pessoas voltaram a vir. Muita, muita gente. Talvez tantas pessoas quanto no início. Bom... talvez não tanto. Depois, um monte de merda aconteceu ali. Teve um assalto no final dos anos oitenta. Foi uma coisa de filme: tiros, mortos. E a partir daí, foi só ladeira abaixo. O Hotel Cassino foi engolido por hotéis maiores e mais famosos. Os de Punta del Leste, óbvio, mas também o Argentino Hotel em Piriápolis, e inclusive esse aqui perto, em El Fortín. Quando chegou a crise de 2002 — que pegou até a Costa de Ouro! — o hotel já estava fechado e cheio de ratos. Como agora.

Com a língua, Harrison Rey tirou pedaços de queijo que tinham grudado nos dentes.

— E esse homem? — perguntou Rey, engolindo o que acabara de desgrudar. — O portenho?

— Ah, eu sei lá. — O dono negou com a cabeça. — Apareceu faz uns meses e parecia que vinha pra conquistar o mundo. Não sei o que te dizer. Aqui não se deu muito bem.

— Não queriam que o hotel fosse reaberto?

— Ah, claro que sim. Não era por causa do hotel, não. Era pelo cara mesmo. Ele era... sei lá... arrogante... Às vezes, o pessoal da obra passava por aqui e comentava que o portenho era insuportável.

— Como todos os argentinos...

— Não, eu não acho isso. Sabe, tenho bons amigos na Argentina, e vou te dizer: esse cara era especialmente desagradável, e isso não tem nada a ver com ser portenho. Ele estava o tempo todo de atrito com os operários, ferrava mesmo o pessoal. Meteu na cabeça que estava sendo enganado, mas o cara não entendia nada de obra, nem de construção, nem de nada.

— Será que foi por isso?

— O quê?

— A surra. O portenho tá no hospital quase morto, não sei se tu sabe...

— Sim, claro. Faz dias que não se fala de outra coisa por aqui. Rádio, imprensa, as pessoas...

— Então, será que a surra não foi por causa de um desses desentendimentos? Alguém que não aguentou mais o homem?

— Será? Não sei, acho que isso já seria um exagero...

Rey também achava que era um exagero, mas não custava nada perguntar. O homem foi atender uma mulher que acabava de se aproximar do balcão e, enquanto isso, Rey se entreteve com o que restava do seu café. Torceu o tronco e olhou pela janela por cima do ombro. Ainda chuviscava lá fora. Era a mesma água que tinha arruinado o seu plano original: instalar-se perto do Hotel Cassino e ver se fisgava o bigodudo curioso em seu Fiat cinza. E a mesma água que o fez correr até aquele café a poucas quadras de distância. Bem-feito, tinha mesmo que se ferrar por ter deixado o carro no escritório.

Apesar das perguntas que disparava para lá e para cá, ele tinha uma teoria sobre o que tinha acontecido com Pablo Gorland. A sova que deram no cara era coisa de profissional. Não podia ter sido uma gangue de drogaditos ou operários descontentes. Alguém tinha esperado a oportunidade certa para matá-lo. Sem testemunhas, sem hesitação. De forma meticulosa e cuidadosa. Muito violenta, sim, mas impessoal.

Quem tinha realizado o trabalho já era outra história. E naqueles poucos dias que Rey esteve perambulando por Atlántida, não conseguiu torná-lo mais evidente.

— As pessoas vão acabar pensando que o hotel é mal-assombrado... como diziam sobre a tumba de Tutancâmon — riu-se o barista, que mais uma vez se postava diante de Rey.

— Por que tu diz isso?

— Toda a expedição que foi para essa tumba passou por apuros... vários morreram, foram picados por bichos peçonhentos, sofreram ataques cardíacos. A tumba era amaldiçoada.

— Tá, mas, por que tu acha isso do hotel?

— Ah, sei lá. Esse portenho aí quase morreu espancado. Todas essas crises econômicas desses anos... e teve aquele assalto, como eu disse. Isso também foi ruim para o hotel. Roubaram um monte de dinheiro. Não estou dizendo que foi o motivo para o hotel fechar... mas o cassino em si não abriu mais depois disso, imagina.

— Quanto dinheiro roubaram?

— Não sei ao certo... e não é que eu não me lembre, o que é verdade, não me lembro de muitas coisas, mas dessa vez não é por isso. No caso da grana, nunca se soube.

— O hotel não quis informar o valor exato? Isso acontece...

— Sim, mas, além disso, nunca encontraram o dinheiro.

Harrison Rey ficou em silêncio. Olhou fixamente para o barista, e este se mexeu, desconfortável.

— Nunca?

— Que eu saiba não...

— Os ladrões conseguiram se safar?

— Não, não, os ladrões foram mortos a tiros, como eu disse.

— E o dinheiro?

— Todo mundo se faz a mesma pergunta. O dinheiro não estava com eles...

— Talvez tenham escondido antes de serem pegos.

O barista surpreendeu Rey com uma risada, e este sorriu apenas para acompanhar.

— De que jeito? Pegaram os caras ali mesmo, na escadaria do hotel! Segundos depois de saírem! Mas o dinheiro tinha desaparecido!

A porta do café voltou a se abrir, e o dono, ao descobrir de repente que o garçom havia sumido, foi atender ele mesmo depois de se queixar baixinho. Rey cruzou os braços e se apoiou sobre o balcão de madeira, mas logo desfez a posição para voltar a roer as unhas. Olhava, sem realmente ver, seu próprio rosto no espelho do balcão. Havia mais nessa história do que podia supor no início. Mas o quê? Tinha estado totalmente concentrado em Pablo Gorland — um cara que, pelo que contavam, mais de uma pessoa tinha vontade de lhe dar uma surra, mas parecia não ser essa a questão. Mesmo sabendo que, neste mundo, não se mede tudo com a mesma régua, Rey não acreditava numa vingança tão desproporcional. O foco era outro, estava certo disso. Não sabia qual, mas sentia que ainda não tinha feito as perguntas certas para as pessoas certas. Ou talvez lhe faltasse um golpe de sorte.

Cortou a linha dos seus pensamentos. Precisava de um cigarro.

Seu olhar focou uma mancha cinza para além da janela. A chuva tinha apertado, era difícil enxergar a rua. De repente, fez-se um clic em sua cabeça. Estava ali um carro cinza. Um carro quadradinho e cinza.

Rey conteve-se. Respirou fundo. Esperou um momento para se recuperar. Então, com calma, começou a passar os olhos pelo espelho. E ali estava ele, o último cliente a entrar, sentado perto da porta. Um homem velho, bem passado dos sessenta, com um bigode espesso e grisalho, que cortava um bife à milanesa com desinteresse e mastigava desanimado o purê de batatas. O bigodudo do Fiat.

Inside man

— Estão encerradas as apostas! — exclamou Julieta enquanto apoiava o bastão sobre a mesa.

A bola girou, e a *croupier* se permitiu espiar os apostadores. Ela ficava fascinada pelos olhos deles. Aqueles olhos brilhantes, alucinados enquanto a bola se mexia e saltava entre as casas numeradas. Não se cansava de ver como seus rostos se transformavam com o rodar da bolinha. Como até os apostadores mais experientes, esses que podiam perder um salário inteiro numa mesma noite, saíam do estado de indiferença quando ela girava a roleta. Nesse instante, por um breve momento, todos os olhos lampejavam uma esperança aberta pela inevitável porta do "e se..." ou "vai ser dessa vez". Ainda que nunca admitissem, era ilusão e esperança o que os movia. Claro, na grande maioria das vezes — para não dizer sempre — a bolinha filha da puta caía em outro número, linha ou cor, e a desilusão voltava a apagar esses olhares. Até o próximo rodar da bolinha.

— Trinta e dois vermelho — anunciou Julieta e pescou um sorriso entre as pessoas que se amontoavam ao redor da mesa, mas no setor dos que só estavam olhando. O Colorado Echeveste sorria, certamente convencido de que a Deusa da Fortuna lhe beneficiava, mesmo sem estar apostando. Houve apenas um acerto de cor entre todas as apostas, e Julieta pagou o ganhador, evitando olhar novamente para ele. Naquele primeiro e tangencial olhar, também tinha visto Soria parado a poucos passos, com a careca reluzente coberta de suor. Menos mal que Soria não olhava para ela. Julieta disfarçou, deitou o olhar sobre a mesa, mas suas mãos começaram a tremer. O que eles estavam fazendo aqui? Que merda tinham na cabeça?

— Substituição! — pediu Julieta, e outro *croupier* se aproximou com um sorriso mecânico e profissional. Ela cruzou o salão principal do cassino a passos largos, sem se deslumbrar com as luzes ou ensurdecer com as musiquinhas dos caça-níqueis. Tampouco olhava para as laterais. Indiferente a tudo, cruzou a porta que dizia "Apenas pessoal autorizado".

A porta dava para um corredor longo e escuro que conduzia a uma sala de descanso, onde Julieta se instalou e acendeu um cigarro. Deu uma longa pitada e, segurando a fumaça nos pulmões, olhou as próprias mãos, que ainda tremiam. De repente, teve um ataque de tosse. Ainda tossindo, chegou a uma janela e a abriu completamente. Eram os malditos nervos que a sacudiam como se fosse uma epiléptica. Nunca deveria ter começado tudo isso, disse a si mesma enquanto contemplava, ainda agitada, os jardins que rodeavam o cassino.

Uma porta foi aberta nos fundos da sala, e Julieta conseguiu ver, mais uma vez, o escritório onde o contador e dois empregados contavam o dinheiro. Era Omar, o guarda, quem saía dali. Julieta negou com a cabeça, olhando para o chão. Apenas um guarda, três civis e o dinheiro ali, em cima da mesa. Não era sua culpa que tudo fosse tão tentador. Não senhor, não era.

— Tu não tinha largado o cigarro? — perguntou Omar aproximando-se da janela. Julieta encolheu os ombros. — Muito trabalho? — O guarda apontou em direção ao corredor e ao cassino.

— Bastante, sim — respondeu a mulher com a voz rouca.

— Eu não entendo as pessoas. — Omar negava com a cabeça enquanto sorria.

— O que tu não entende?

— Os apostadores. Deixam centenas de milhares de pesos nas mesas. Todos os dias, vemos alguém deixar até a camisa. Não entendo como podem chegar a esse ponto, se perder desse jeito. Eles não têm filhos? Não têm família? Não têm em quem pensar?

— Melhor pra nós, não é? — Julieta se virou e concentrou o olhar na janela aberta.

— Que eu saiba não aumentam o nosso salário se tiver mais lucro… — respondeu Omar, sempre sorridente.

Omar era um mala. Ele falava de tudo com a convicção de um pastor em missão evangelizadora. E era um merda de um segurança. Ele já ia tirar aquele sorrisinho do rosto, ele ia ver só. Omar ficava rondando Julieta, estava sempre à sua volta, tentando arrancar uma conversinha com ela. Dava em cima mesmo. Aqueles olhares insistentes e o sorrisinho sujo sempre estampado na cara estavam cheios de segundas intenções.

— Hoje tu não tá pra papo, hein?

— Mmmh.

— Então, é verdade? Tu tá namorando?

— Quê? Não. Não. Por quê? — Julieta virou-se bruscamente em direção a Omar.

— Por nada, não. Eu só achei…. — Omar levantou as duas palmas da mão em sinal de rendição.

Ficaram um momento em silêncio, sem se olhar, desconfortáveis.

— Bom, vou lá. Tenho que voltar pro calvário! — exclamou Omar.

Julieta o observou regressar para a sala dos fundos.

Na porta, ele se virou, e a cumprimentou com os dedos, sacudindo-os um pouco. Ela se sentiu obrigada a responder com uma inclinação de cabeça. Também não queria a fama de antipática. Considerando o que estava planejando fazer, não queria se destacar e ponto.

Podia mentir a si mesma e dizer que o plano tinha sido todo de Soria, mas não era bem assim. Mas também não tinha certeza de quanto peso tinha o plano antes de conhecê-lo e quanto foi por causa do plano que acabou ficando com ele. Porque, se ela gostava de Soria, era sobretudo por causa do plano. Havia algo de errado com ele, e Julieta sabia. Mas não se importava. Não era que se fossem se casar e ter filhos. Para ela, Soria era útil na cama e para o plano.

A primeira vez em que ela falou dessa ideia foi na cama. Eles se conheceram em uma tarde no calçadão de Atlántida — Soria, mais tarde, lhe diria que estava "com as barbas de molho" depois de uma série de assaltos de pouco ganho econômico na capital —, e ele começou a visitá-la no cassino. Ela alugava uma casinha bem no centro de Atlántida desde que começou a trabalhar como *croupier*, três anos antes. Era uma das poucas empregadas do Hotel-Cassino que ficava o ano todo no balneário. E ali, na cama, ela lhe contou sua ideia. Um monte de dinheiro. Com segurança mínima. Ela sabia que Soria era um criminoso, ele nunca escondeu isso. Parecia fácil, como somar dois mais dois. Mas Soria tinha suas dúvidas. Ele ficou interessado desde o começo, é claro, mas hesitou. Disse que não podia ser verdade. Todo o dinheiro à mão, e só um guarda. Armado, sim, mas era apenas um segurança, sem nenhum treinamento. Devia ter alguma armadilha. Mas onde? O segredo era conhecer todo o terreno, para poder entender todas as possibilidades, explicava-lhe Soria, sempre na cama, enquanto ela fumava e o escutava. Bom, ela respondeu, vamos entendê-las, conhecer o terreno. Mas Julieta já tinha sido picada pela mosca azul, e não voltaria atrás. Soria balançava a cabeça, concentrado talvez em outra coisa. Em alguns momentos, fixava o olhar em um canto do quarto onde não havia nada ou, então, contemplava longamente uma cadeira vazia, da qual se pendurava uma jaqueta.

A solução saiu de uma velha caixa de fotos. A mãe de Julieta foi morar em Montevidéu — por sorte, bem longe — e, na mudança, quis se livrar de uma série de coisas. Algumas pertenciam à Julieta; outras, não. Entre essas coisas, estava a caixa de fotos, remetida pelo correio. Na noite em que Julieta abriu a caixa para ver de que se tratava, Soria estava com ela. Ficou atordoada quando o homem se adiantou e, antes que ela pudesse deixar cair a tampa da caixa sobre a cama, se apoderou de uma grande foto em preto e branco. Ficou olhando-a fixamente até que, de repente, encarou Julieta. Ela não estava entendendo nada. Soria parecia desconfiado.

— Quem é este aqui? — perguntou, depois dos dez intermináveis segundos de silêncio nos quais estendia a foto para ela.

— Meu pai — respondeu Julieta, estupefata.

— Este é o teu pai? — insistiu, com o dedo deixando marcas de gordura na foto.

— Não, meu pai é este aqui — ela apontou. — Esse é um primo dele ou algo assim. Primo de segundo grau, eu acho. Colorado não sei o quê. Algo assim.

Soria não disse nada. Ela, nervosa, acendeu um cigarro.

— Tu conhece?

— Quem?

— O Colorado.

— Não... bom, sim. Eu vi ele algumas vezes, mil anos atrás. Quando os meus velhos se separaram, deixei de ver.

— Tu sabe o que ele faz?

— Não... espera, sei. Era uma loja de ferragens que ele tinha? Não! Não, claro. Minha mãe me contou uma vez. É bandido. É um bandido, né? Minha mãe me disse que ele foi preso uma vez por roubar uma joalheria. Ou era uma loja de ferramentas?

Soria não sabia o que responder. Olhava para ela, olhava para a foto e voltava a olhar para Julieta.

— Tá querendo me fazer de trouxa? — disparou de repente.

— O quê?

— Fala. Tu acha que pode me enganar?

— Como assim te fazer de trouxa? Em que eu poderia te enganar?

Soria voltou a ficar em silêncio. Levantou-se da cama e andou pelo quarto com a foto na mão. Ela o olhava, francamente preocupada, apertando o cigarro com os lábios.

— Olha. É estranho. Faz pouco que a gente se conhece. Quase nada. Transamos, é bom. Não vou te dizer que eu não gosto de ti, seria mentira. — Soria falava sem olhar para ela, não tirava os olhos da foto. — Mas de repente tu vem me falar de um plano. Um bom dinheiro dando sopa. Justo onde tu trabalha. E agora, além disso, parece que tu é sobrinha de um ladrão. De um ladrão que eu conheço, com quem trabalhei anos atrás. Um ladrão especializado em planejar assaltos. Assaltos como esse que tu tá me propondo. E, justo agora, que eu estou relutando em embarcar nessa ideia porque falta alguém como ele no plano, porque ele é desses de olhar e achar um jeito de fazer a coisa, isso acontece. Me diz, não te parece estranho? Muita coincidência?

Julieta levou um tempo para responder, impressionada. Soria nunca havia falado tanto.

— Juro que faz mil anos que eu não pensava nesse cara. Nem lembrava mais dele. Aliás, eu não lembro nem do nome. Colorado Echaurri, é isso?

— Echeveste.

— Isso, verdade. Mas me diz… se eu fosse te fazer de trouxa… te enganar de alguma maneira… eu não teria me esforçado mais? Não teria pensado em algo menos idiota que tirar uma foto de mil anos atrás de uma caixa, justamente a foto do cara que cairia bem para o assalto?

Finalmente Soria a olhou. Coçou o queixo. Jogou para ela a foto, que voou pelo ar e caiu sobre a cama.

— Vou dar uma volta. Depois nos vemos.

— Para, Soria, para.

— O que tu quer?

— Para, deixa de ser estúpido.

Encarou-a novamente, mas seu olhar era diferente dessa vez.

— O que tu disse?

Julieta engoliu saliva. Viu ele ficar pálido e apertar os punhos. E ficou brava. Julieta ficou furiosa.

— Tu é um puta estúpido! Tu te borra nas calças e agora não só vai fugir como também é capaz de vir me bater! E por quê? Por causa de uma coincidência que veio pra salvar a pátria!

Soria ainda a olhava. Ela estava de joelhos na cama, o cabelo bagunçado, tapando o rosto. O homem mordeu os próprios lábios.

— Estúpido — ela repetiu com a voz rouca, começando um meio-sorriso. Ele a olhou nos olhos.

— Bom, vou ficar. Vamos transar mais um pouco e depois voltamos a esse assunto — respondeu por fim.

— Parece uma boa ideia — ela respondeu, enquanto o agarrava pela camiseta.

5

Harrison Rey ficou desconcertado ao ver um homem jovem saindo da casa. Tecnicamente, ele não era tão jovem assim, mas era muito mais jovem do que qualquer homem que Rey esperasse ver saindo dali. Era jovem e sem vestígios de bigode. Seria possível que, depois de tanto trabalho, estivesse no lugar errado? Enquanto Rey se questionava, o homem de uns trinta anos, com a cabeça completamente raspada e tatuagens no pescoço e nos braços, tirava sacos de lixo de dentro da casa, pela porta que — Rey conseguia enxergar — dava para a cozinha. Depois os amontoava de qualquer jeito no pátio. Eram muitos os sacos de lixo, um indício de que havia várias pessoas na casa ou de que fazia dias que não a limpavam.

Enquanto o observava trabalhar, indiferente ao frio ou à garoa, Rey revisou a ordem de suas próprias ações. Ao avistar o veículo, tinha raciocinado rapidamente. Se o cara chegou num carro — que, no fim das contas, era um Ford Fiesta, não um Fiat Uno, e nem era muito quadradinho — certamente, iria embora com ele. Então, depois de comprovar que o bigodudo ainda tinha bastante milanesa com purê no prato, Rey pagou a conta, agradeceu a conversa com o barista e saiu correndo. Chamando a atenção dos poucos transeuntes na tarde chuvosa, correu até o edifício do seu escritório, onde havia deixado o seu próprio carro. Voltou ao bar a toda velocidade, agora ao volante, para descobrir, aliviado, que o Ford cinza continuava impávido sob a chuva. Sobrou tempo. O bigodudo saiu quase quarenta minutos mais tarde, com uma corridinha desajeitada, esquivando-se da chuva, até chegar ao carro.

Rey não teve dificuldades para segui-lo pelas ruas de Atlántida, depois pela avenida da orla e, por fim, adentrando Villa Argentina. Estava claro que o bigodudo não esperava ser seguido, mas Rey mantinha a distância. Já em Villa Argentina, a chuva voltou a apertar e, por um momento, perdeu de vista o Ford cinza. Por isso, quando voltou a vê-lo, agora estacionado em frente a uma casinha, não teve dúvidas. Estacionou debaixo de uns cinamomos e correu sob a chuva até a casa ao lado. Viu o cartaz que dizia "Aluga-se: Janeiro, Fevereiro, Semana de Turismo[3]" e concluiu que estava desocupada. Retornou ao carro. Entre as idas e vindas, ele estava ensopado. Tateou embaixo do banco do passageiro e dali puxou uma bolsinha, em que colocou o seu kit de chaves micha, sua pistola automática e, depois de hesitar por um momento, uma velha câmera fotográfica que nem sabia se funcionava ainda, já que fazia mais de dez anos que a tinha usado pela última vez. Com tudo isso na bolsa, correu de volta para a casa.

A casa, por dentro, fedia a umidade. Fedia a casa fechada, a verão preso entre paredes por tanto tempo que o cheiro de sol se tinha corrompido e se transformado em um bafio horroroso. Sem acender nenhuma luz, Rey explorou a casa até comprovar que efetivamente estava vazia e que provavelmente estava assim havia vários meses. Escolheu um quarto que tinha uma cama de solteiro e algumas prateleiras na parede e instalou-se ali. Essa era a melhor localização em relação à casa vizinha, a casa com o Ford cinza estacionado na entrada. Era dali

3 Nota da revisora: "Semana de Turismo" é como se designa, no Uruguai, o feriado da Semana Santa, que abarca toda a semana que antecede a Páscoa.

que agora espiava o homem tatuado, que parecia ter terminado a sua tarefa e fumava parado debaixo do arco da porta. Isso provocou em Rey uma súbita necessidade de imitá-lo e, em seguida, o aborrecimento de perceber que não tinha trazido cigarros. Só pela frustração, pegou a câmera e comprovou que ainda funcionava, mas as pilhas do flash certamente estavam vencidas. Não importava, não ia usá-lo. Sorriu enquanto colocou o filme, pensando que só mesmo um velho como ele seria capaz de manejar uma câmera analógica. Tirou uma foto do pátio, que estava vazio, pois o homem já tinha entrado e deixado a porta da casa aberta. Se a foto saiu ou não, só descobriria ao revelá-la.

Então, o cara das tatuagens voltou ao pátio, e Rey, meio no piloto automático, tirou algumas fotos dele também. Estavam discutindo dentro da casa, mas não dava para ouvir o que diziam. Com discrição, Harrison Rey abriu uma das janelas de correr, cuidando para que os vizinhos não escutassem o barulho.

— Tu tá achando quê, cara? Que tu é meu pai? Se me dá vontade de fumar, o problema é meu! — o cara das tatuagens fazia um escarcéu debaixo da chuva.

O bigodudo veio ver o que estava acontecendo, e Rey se sentiu aliviado. Não parecia possível que houvesse dois Ford Fiesta cinza em Villa Argentina em pleno inverno, mas já tinha visto coisas ainda mais estranhas acontecerem antes. O bigodudo parecia irritado.

— Vão à merda vocês dois! Eu só quero que não encham o meu saco — disse sem rodeios, enfatizando o "meu saco". — Como se já não bastasse estar morrendo de frio nesse maldito balneário. A única coisa que eu peço é um pouco de paz. Não fiquem gritando o tempo todo.

— Cara... — repetiu o mais jovem, porém já sem força ou vontade. O bigodudo não respondeu e voltou para dentro da casa, mas não antes de que Harrison Rey lhe conseguisse tirar duas ou três fotos. Uma vez sozinho, o tatuado ficou um tempo olhando fixamente para a porta aberta, até que se virou e chutou com violência um dos sacos de lixo, que voou pelos ares até arrebentar no muro que dividia o pátio e a casa onde estava escondido o improvisado fotógrafo. No impulso, o lixo se esparramou, e um pacote de erva-mate Canarias foi bater contra a janela de Rey.

De repente, Rey se sentiu um idiota. Assim, subitamente, a ideia de que o bigodudo tivesse qualquer coisa a ver com a surra em Pablo Gorland pareceu não ter qualquer fundamento. Sim, o carro cinza tinha sido visto perto do hotel. E daí? Talvez o bigodudo só estivesse de saco cheio de ter que dividir uma casa com esses caras gritões e tenha ido ao hotel para ver se, por acaso, ele estava aberto. Podia ser que não fosse nada além disso. Ele não tinha nada concreto e estava ali, debaixo de chuva, escondido como um gambá na casa dos outros. Enquanto isso, o tatuado, com uma expressão de impotência e ainda mais encharcado por causa da chuva que voltara a engrossar, resignava-se a recolher o lixo esparramado pelo pátio. No quartinho embolorado, cheirando a umidade e a coisa azeda, como suor concentrado, Harrison Rey praguejava em voz baixa. Assim, não iria a lugar algum. Tinha-se empolgado por nada.

Agora, bem perto da sua janela, o tatuado acendeu outro pito — fumava na chuva, às escondidas, olhando de relance para a casa, cuja porta continuava aberta. Rey analisou-o e concluiu que era um jovem desgraçado. Dava para notar por sua postura física, por seu olhar evasivo. Olhando-o com mais atenção, Rey arqueou uma sobrancelha. As tatuagens, agora que conseguia vê-las mais de perto, eram de prisioneiro. Humm.

— Fermín.

A voz profunda, serena e grave sobressaltou tanto o fumante quanto o espião. Um homem estava parado à porta da cozinha. Era outro, que não o bigodudo. Tinha um olhar fixo, de olhos azuis e frios. Assim como o mais jovem, tinha a cabeça raspada a zero, mas com um cuidado e uma minúcia surpreendentes. Tal qual o bigodudo, teria mais de sessenta anos, só que, ao contrário deste, estava completamente em forma. Vestia uma calça preta e uma regata que deixava à mostra os braços bem torneados. Mesmo ali, imóvel junto à porta, a sua presença dominava o pátio.

— Apaga esse cigarro. — O careca grandão junto à parto voltou a falar. Fermín olhou-o com uma mistura de contrariedade e medo. Acabou obedecendo, mas não sem antes dar uma longa e última tragada. — Isso te faz mal — agregou o careca. Fermín deu de ombros. — O que tá fazendo aqui fora? Vai acabar pegando um resfriado.

Fermín ameaçou responder alguma coisa. Rey adivinhou uma espécie de indignação a crescer naquele peito, um "não tenho quinze anos", um olhar que fervia diante de um gesto que, de maneira direta, questionava a sua condição de adulto, de homem independente e capaz de pensar por si mesmo. Mas um possível protesto morreu na casca.

— Um saco de lixo rasgou. — A voz de Fermín era, mais uma vez, fraca, pálida. — Eu tava aqui juntando.

— Tá bem. Tu já juntou. Agora, entra.

Houve um último esboço de rebeldia, um olhar

que imediatamente desembocou em cabeça baixa. Sob a chuva, Fermín cruzou o pátio a passos largos e entrou na casa cuidando para não encostar no careca mais velho, que se moveu um pouco, só para dar passagem. O veterano não entrou, ficou sozinho no pátio, respirando fundo, enchendo o peito cheio de ar. E, então, olhou para a casa vizinha, olhou para a janela de Rey.

Harrison Rey ficou petrificado, imóvel, sem mexer um músculo. Era impossível que o velho o estivesse vendo. A veneziana estava baixa, e ele não acendera nem um fósforo. Mas o careca olhava a janela fixamente. Rey não pôde conter um arrepio. Fitando aqueles olhos azuis vazios e glaciais, logo entendeu que estava no lugar certo. O homem diante dele era violência pura. Era um alerta instantâneo de perigo. Encarar aqueles olhos era entender que tinha à sua frente o homem que transformara Pablo Gorland em uma pasta sanguinolenta.

O plano

— O trabalho é muito simples — indicou o Colorado, abrindo as mãos com um gesto que pretendia abarcar a mesa e, sobre ela, o rascunho do plano que ele tinha feito com talento de desenhista amador. — As pessoas, os clientes, todos ficam amontoados na sala das mesas de roleta e um pouco mais à frente, onde ficam os slots.

— Os o quê? — perguntou Maldonado.

— As maquininhas, os caça-níqueis. Onde tu perdeu toda a tua grana.

— Ah, certo.

— Passando esse salão onde ficam os slots, tem uma porta, dessas com plaquinha de "Pessoal Autorizado". Ela dá para um corredor que leva a uma salinha que os empregados usam para o intervalo. Antes que me perguntem, sim, tem uma janela lá, mas tem grade. E nem adianta tentar tirar a grade, porque a janela dá para o estacionamento. Fica muito à vista. Mesmo de noite, alguém vai nos ver andando por ali. — Nenhum dos dois comentou nada sobre a grade ou a janela, então Echeveste continuou: — A parte boa é que a sala de descanso dos empregados dá diretamente para a sala da contabilidade. É lá onde ficam os contadores, trabalhando em jornada dupla. Pensem na quantidade de dinheiro que essa gente movimenta para precisar de jornada dupla!

— E a segurança? — Soria se obrigava a fazer as perguntas que deveria fazer, mesmo já sabendo as respostas. Sentia que, cada vez que abria a boca, ficava em evidência; mas, ao mesmo tempo, se ficava calado, pensava que chamava a atenção dos outros dois por não perguntar nada. Essa situação fazia com que uma poderosa enxaqueca crescesse em sua cabeça, bem no meio da testa.

— Um cara só — sorriu, orgulhoso, o Colorado — e é bem descuidado. Fica o tempo todo abrindo a porta para puxar assunto com os outros empregados na sala do recreio ou sei lá como é que eles chamam esse lugar. O cara tem uma arma, claro, mas ele deixa no coldre o tempo todo. Se, por algum milagre, ele nos enxergar quando a gente estiver chegando, nem vai ter tempo de reagir. Ele não vai entender é nada, com certeza, não vai entender nada.

— E não tem mais seguranças? — finalmente, Soria disparou a pergunta que tinha preparada desde o início, a que estava guardando para o momento mais adequado. A única pergunta real que tinha para fazer em toda a reunião.

— Não. Vai ser mamão com açúcar.

— Tem certeza?

— Tenho.

— E como é que tu pode ter tanta certeza?

— Eu tenho uma fonte lá dentro. Foi ela que me contou da disposição do lugar, da sala dos contadores, e que só tem um cara na segurança.

"Foi tudo por água abaixo", pensou Soria. A fonte que Echeveste tinha lá dentro era a mesma dele, e Julieta não tinha certeza se não teriam mais seguranças, talvez terceirizados, contratados por fora ou mesmo à paisana, misturados entre os clientes e ocultos até para os empregados. De fato, só tinham decidido incluir o Echeveste no esquema para que ele estudasse o lugar e formulasse uma estratégia melhor. Mas, agora, Soria não podia questionar o plano — que sentia estar básico demais e esquemático como se ele mesmo o tivesse criado — sem entregar suas próprias intenções ou revelar o que já sabia.

— Bom — conformou-se Soria. — E o que mais?

— O óbvio. — O Colorado se empolgava. — O Víctor ao volante, como combinamos. Ele já arrumou tudo: um carro para ir, e outro para fugir depois.

— Uma caminhonete velha — especificou Maldonado. — Não vai ser rápida, mas vai passar despercebida até chegarmos em Montevidéu.

— Isso, uma caminhonete — assentiu Echeveste. — O Maldonado fica no carro, e nós dois vamos entrar da mesma forma que na outra noite, como clientes. Apostamos umas moedas aqui e ali e, quando o caminho da porta ficar livre, a gente ataca.

— A gente vai para o corredor — concordou Soria.

— Isso mesmo. Pelo corredor até a sala. E lá vemos. O meu homem dentro do cassino... — Soria não pôde deixar de arquear uma sobrancelha diante da tentativa tosca de Echeveste de ocultar a identidade de Julieta. — ...me disse que a porta da sala da contabilidade tem uma fechadura reforçada, mas que o idiota do segurança abre sem perguntar quem bate.

— É sério isso? — espantou-se Maldonado.

— É sério. Mas a gente nem vai precisar bater. O cara fica entediado, e a toda a hora abre a porta para ver se não tem algum outro empregado descansando um pouco, doido para puxar assunto. É só questão de esperar.

— E se ele não sair? — Soria já tinha ouvido tudo isso de Julieta, palavra por palavra, mas de repente ele começou a desejar que o Colorado fizesse valer mais a sua parte da grana (que ele não pensava em lhe dar), que lapidasse mais o plano.

— Ele vai sair, Soria, fica tranquilo.

— E se não sair?

— Se ele não sair, a gente bate à porta, e ele abre.

— E se ele perguntar quem é?

— A gente chama pelo nome dele.

— E tu sabe o nome dele? — Soria, claro, já sabia o nome.

— Sim.

— E não vai contar para nós?

— Omar, ele se chama Omar. — Echeveste ficou nervoso, e sentiu que a reunião escapava de suas mãos como um punhado de areia. Soria percebeu o nervosismo no rosto do seu colega e sorriu de forma debochada.

O sorriso se congelou no rosto. O morto estava ali, ao lado, sentado à ponta da mesa, colado ao Maldonado, que não o via — e tampouco parecia notar ou se importar com o mal-estar que acabara de tensionar os outros dois — apesar de um de seus braços estar apoiado quase sobre umas das mãos da aparição. O morto, como sempre, sorria para ele, com o rosto oleoso, suado, meio encoberto pelos cabelos sujos. A pele brilhava como se estivesse coberta por parafina. O denso bigode preto que se dependurava do lábio superior não chegava a tapar os beiços grosseiramente grossos. Mirava-o nos olhos, com um olhar cintilante, febril.

E, então, fez algo diferente. O morto mexeu lentamente, muito lentamente, a sua mão direita e apontou, com o dedo indicador, o buraco de bala que tinha entre as sobrancelhas. Soria não entendeu o gesto. Não era preciso mostrá-lo, pois fora o próprio Soria quem havia colocado aquele buraco de bala ali. Sabia muito bem o que tinha feito.

— Tu tá bem, guri? — perguntava Echeveste pela segunda vez, pois Soria havia perdido a primeira no desdobramento do delírio.

— Hã? Sim, sim. Sim. Por quê?

— Tu ficou parado, olhando a cadeira vazia. — Colorado lançou um olhar para Maldonado, que enfim pareceu dar-se conta de que havia outras duas pessoas à mesa e também fez cara de preocupado.

— Eu? Que besteira é essa? — replicou Soria, agressivo, e Echeveste preferiu não insistir.

Os três ficaram em silêncio, a respiração pesada, como se estivessem agitados, como se tivesse sido forte a discussão que, na realidade, mal havia começado. Echeveste observava Soria — que seguia obcecado com a cadeira vazia — e buscava Maldonado com o olhar, mas o motorista evidentemente pensava em outra coisa.

— E a escadaria? — Maldonado resolveu perguntar enfim.

— Que escadaria? — Colorado não entendeu.

— A da saída. A da entrada do Hotel Cassino.

— O que tem a escadaria?

— É comprida demais.

— Sim. E daí?

— Por mais que não tenha segurança, a polícia ainda pode aparecer. E descer aquela escadaria correndo com as bolsas cheias de dinheiro vai ser complicado...

— Sim — interveio Soria, que finalmente reagia, pois entendera o que Maldonado estava dizendo. Ele próprio não se dera conta disso. Era, de fato, um risco gigantesco. Por mais rápido que fossem, descer tantos degraus carregando todo aquele peso não levaria menos do que trinta ou quarenta segundos. Parece pouco em qualquer outro contexto, mas é uma eternidade quando existe a possibilidade de alguém te encher de tiros.

O Colorado Echeveste sorria para os dois. Sorria

abertamente.

— Não vai dar nada. A gente vai descer voando.

— Não tem como descer voando com toda essa grana — protestou Soria, com o mau humor outra vez à flor da pele.

— Então, a gente desce devagar. Caminhando. Como vocês quiserem. — Echeveste continuava sorrindo apesar da raiva que via crescer nos olhos do mais jovem.

— Tu tá tirando onda com a minha cara? As bolsas vão estar carregadas...

— Aí é que tá — riu Echeveste, enquanto batia as mãos na mesa. — Nós não vamos carregar a grana. Vai parecer que sim, mas não vamos levar o dinheiro. É aí que a gente acaba com eles!

E continuou rindo alto, enquanto Soria e Maldonado trocavam um olhar preocupado.

6

Pelo que Harrison Rey podia ver, tanto através da porta da cozinha que ficava ocasionalmente aberta quanto por uma das janelas que dava para a casa que tinha invadido, os seus atuais vizinhos viviam em um completo estado de abandono. A imundície espalhava-se por todos os quartos, a desordem era colossal e Rey até chegava a pensar que podia sentir o cheiro da convivência entre esses três homens — o que era impossível, dada a distância entre as casas. Um olhar de regresso ao quarto da casa que era a sua residência momentânea fez com que ele percebesse que se deixar levar pelo caos era muito fácil. Um pacote de batatas chips Manolo juntava-se a algumas garrafas de refrigerante de pomelo Paso de los Toros, e somava-se à bagunça de cobertores sobre a cama de solteiro. Seu quarto tinha cheiro indeterminado, uma estranha mistura de casa fechada com toque adocicado de putrefação.

De repente, cogitou que os homens que ele vigiava pudessem também ser invasores. Mas não podia ser. Estavam muito à vista, apareciam demais. O bigodudo saía todos os dias, pegava o carro para ir até Atlántida e voltava com comida e outras coisas. Se ele percebeu o carro de Harrison Rey embaixo dos cinamomos, não o demonstrou.

O que mais andava pela casa era o jovem Fermín. Tinha uns ataques de limpeza como no primeiro dia que Rey o viu, varrendo com uma euforia fingida. Às vezes saía e ficava num canto da casa, afastado, fora da vista dos demais, fumando um cigarro. Era tão inseguro em seus movimentos, tão pateta, que Harrison Rey não tardou em observá-lo com repugnância. Por sua vez, o veterano careca de olhos azuis não voltou a aparecer. Talvez dormisse muito, Mas Rey não acreditava nessa hipótese. Parecia que ele tinha a capacidade de ficar no seu quarto todo o tempo que fosse necessário.

Os três homens esperavam alguma coisa. Rey não sabia o que era, mas havia uma crescente impaciência em seus gestos — pelo menos no jovem e no bigodudo, que eram os que mais apareciam, isso era tangível. No entanto, enquanto não se moviam, deixavam o atento vigilante em ponto morto. Rey planejou esperar o quanto fosse preciso para confirmar que esses eram os homens que tinham atacado a Pablo Gorland, mas a convicção que sentira ao ver o careca diluía-se conforme passava o tempo sem torná-lo ver. No terceiro dia de espionagem, entendeu que não poderia permanecer mais tempo parado. Era preciso atuar e confirmar se, de fato, ele estava no caminho certo.

Assim, naquela tarde tão fria e chuvosa quanto as anteriores, Rey saiu do seu esconderijo. Contornou a casa em que se encontrava até chegar aos fundos e aguardou alguns instantes, escondido do outro lado do murinho. Não queria que uma das imprevistas saídas do jovem tatuado o flagrasse como um idiota, na metade do caminho. A cozinha parecia deserta, e a única luz na casa dava para uma lateral. Rey pulou o muro e correu agachado até chegar à casa. Estava com a velha câmera e a sua arma, por via das dúvidas.

Colou-se à parede externa. Estava pegajosa e com a tinta se desprendendo por conta da umidade. Ainda agachado, foi até debaixo da janela iluminada e com persianas abertas. Lá dentro falavam alto, tanto que podia ouvi-los bem, apesar dos vidros fechados.

— Cara... — o invariável tom lamurioso do jovem tatuado provocava em Rey arrepios de desespero. — Quando vamos agir? Se a gente veio só pra tirar férias neste balneário de merda, pelo menos podíamos ter vindo no verão.

— Te acalma, guri — respondeu o bigodudo, com o mesmo fastio que o espião improvisado sentia junto à janela —. Nós vamos agir quando ele disser que temos que agir. Tu já sabe como são as coisas.

— Mas tu não disse que não tinha mais ninguém lá? — insistia o tal de Fermín.

— Parece que não tem mais ninguém... parece. Mas ontem mesmo apareceu essa guria com o capataz da obra. E até anteontem os operários ainda estavam lá. Não vamos nos arriscar. Além disso, a gente não sabe quanto tempo vamos levar procurando lá dentro. O lugar é enorme.

— Mas ele deve ter alguma ideia de onde tá...

— Pergunta pra ele.

— Eu?

— Claro. Pergunta. Vê o que ele te diz.

— Não... melhor não.

— Então para de me encher o saco. Se tu quer perguntar, vai lá.

— Perguntar o quê?

A voz, seca e cortante, arrepiou os pelos de Rey, que não esperava escutá-la. O silêncio dos outros dois deixou claro que tampouco eles o esperavam. Cuidadosamente, Harrison Rey aproximou a cabeça. Havia um espacinho de uns cinco centímetros que não estava coberto pela cortina. Rezando para que não vissem a sua sombra, Rey espiou, por ali, para dentro da casa. Todos estavam em uma sala de jantar junto à cozinha. O careca estava junto à passagem para o corredor e dali encarava os demais. Seus braços estavam soltos, ao lado do corpo, mas era possível notar que ele estava tenso, como a corda de um violão que está prestes a arrebentar. O bigodudo ria nervoso para Fermín, que logo baixou a cabeça.

— Qual é a tua pergunta? — insistiu o careca, com o mesmo tom monocórdio, mas com raiva velada.

Como o mais jovem permanecia em silêncio, o bigodudo deu de ombros:

— Quando vamos buscar a grana.

O velho careca não tirava os olhos de Fermín. Inexpressivo. "Tem algo muito errado com esse cara", pensou Rey, imóvel à janela, mas não deixou passar o que havia sido dito sobre "a grana". Dinheiro. Dinheiro no hotel. Fermín, por outro lado, se virou sem dizer uma palavra, foi até a pia da cozinha e, frenético, começou a lavar os pratos.

— Não tem pressa. — O careca, distraído, coçou o nariz. Esse gesto casual lhe deu um traço de humanidade, enfim. — Ainda tem coisas da obra lá e com certeza vão passar em algum momento para buscar. O hotel esteve vazio por muitos anos. Não vamos estragar tudo por causa de pressa, Fermín.

Em meio a sua limpeza nervosa, o tatuado murmurou alguma coisa que Rey, do outro lado da janela, não conseguiu ouvir.

— O quê? — O careca tampouco parecia ter escutado.

— Ele disse que a verdadeira pergunta é se a grana continua mesmo lá. — O bigodudo, sim, escutara e não via problema algum em repetir.

A réstia de humanidade que havia no rosto do careca

desapareceu no mesmo instante.

— Pode ir embora quando quiser. — Sua voz era tão gelada quanto o seu olhar.

— Não, cara... — O tatuado falou mais alguma coisa que Rey não conseguiu ouvir. Vê-lo inclinar-se, servil, sobre a pilha de louça suja fez com que o espião voltasse a sentir asco.

— A grana tá lá. Tenho certeza. E eu vou achar. Mas qualquer um que pensar que não, pode ir embora, quando quiser, com a boquinha fechada, de volta para Montevidéu.

— Eu não disse nada. — O bigodudo deu de ombros. Aparentemente, Fermín não tinha mais nada a dizer.

Mas o careca, sim.

— Faz muitos anos que estou esperando esse dinheiro. Muitos anos. Quase trinta. É fácil falar. — O careca cruzou os braços poderosos em frente ao peito. Dava para ver que estava embebido por uma fúria cega e crescente.

— Já sei — resmungou Fermín.

— É fácil falar. Trinta anos. Mas tu não tem noção do que é isso. O Víctor, sim. Eu também. Mas tu não sabe o que são trinta anos preso. Sem nada, sem ninguém. Só pensando que, se algum dia tu ficar livre, tu tem isso. Uma grana te esperando.

Víctor. Um nome para adicionar às pouquíssimas informações que Rey tinha a respeito deles. Era o nome do bigodudo, com certeza, já que era o único com tempo suficiente de vida para ter ficado trinta anos esperando por qualquer coisa.

— Não tem nenhuma mulher te esperando. Não tem carro. Tinha um que tu cuidava como se fosse a tua vida, mas, em algum momento, tu te dá conta que foi tempo perdido. Não te resta mais nada além dessa promessa, que a grana tá lá, te esperando. E essa promessa foi feita por uma mulher que não tá mais aí, mas tu sabe que isso é a última coisa que ela fez, essa promessa.

O careca divagava. Já não olhava para Fermín ou para o bigodudo; seus olhos percorriam toda a cozinha sem se deter em nada. Seus colegas estavam cientes disso, mas foram muito cuidadosos para não o interromper.

— Essa mulher que tu nunca mais pôde ver, mas que lembrava de ti e te respeitava tanto que cumpriu a promessa. E como tu sabe disso, tu sabe que a grana tá lá. Porque ela te disse que estaria lá.

O careca parecia tão distraído e fora deste mundo que Rey pensou que valia a pena se arriscar. Lentamente, levantou a câmera até conseguir focar pela abertura de escassos centímetros. O clique da câmera soou como um disparo. Petrificado, olhou para dentro da casa. O careca interrompeu-se subitamente. Os outros dois o olharam intrigados, pareciam não ter notado nada. Harrison Rey tinha certeza de que o careca percebera que algo estava acontecendo, algo diferente. Se blasfemar não o fosse delatasse ainda mais, Rey o teria feito bem alto.

— Aconteceu alguma coisa? — perguntou o bigodudo, tentando encontrar o que incomodava o careca, que ordenou silêncio com um gesto. Rey nem sequer arqueou uma sobrancelha.

O careca deu um passo à frente, mas então Fermín se distraiu e um dos pratos que estava lavando patinou entre as suas mãos e estatelou-se no chão fazendo um barulho estridente. Quando o careca inevitavelmente desviou o olhar, Rey escondeu a cabeça.

— Cara! — O espião conseguiu ouvir o protesto de

Fermín contra a sua própria cagada.

Completamente imóvel, Rey dispensou saber o que acontecia na cozinha depois da quebra do prato. Até porque parecia não estar acontecendo mais nada mesmo. Os três homens não pronunciaram outra palavra. Apenas se ouvia a água correndo e, em dado momento, o prato sendo varrido e, em seguida, sendo jogado no lixo.

O silêncio dos homens fez com que Harrison Rey ficasse alerta. Pensou que o careca e talvez o bigodudo sairiam a qualquer momento para ver o que estava acontecendo. Assim que, lentamente, empunhou sua a arma e tratou de recobrar a confiança. Esperou. Esperou por vários minutos sem se mexer nem nada. Ninguém saiu, nada aconteceu. Deixaram de fazer qualquer barulho na casa e apagaram as luzes.

Rey ficou ali por mais um tempo, quieto e imóvel. Quando concluiu que nada aconteceria e que ninguém sairia, voltou a se movimentar. Saiu em direção aos fundos, com a intenção de pular o muro e voltar para o seu esconderijo. Não avançou muito, porém. Junto à próxima janela, conseguiu ouvir uma voz abafada. Rey intuiu que seu turno de espionagem ainda não tinha terminado. A persiana estava baixa, mas Rey colou a orelha, a ponto de raspá-la na tinta seca.

— Me perdoa... — A voz, lamuriosa e inoportuna, era, ao que tudo indicava, de Fermín.

Quem quer que fosse o alvo de suas desculpas, não lhe respondeu nada. Dava para ouvir uma respiração pesada. A mola de uma cama rangeu.

— Eu não duvido de ti... mas é que faz muitos dias que estamos aqui, e a impaciência me mata. Entende? — insistia Fermín.

— Tá. Vamos deixar por isso mesmo. E seguir a vida.

— Era o careca que respondia.

A cama rangeu mais. Eram dois na mesma cama. Alguém cochichava alguma coisa que Rey não conseguiu entender. Os cochichos passaram a ser de duas vozes. O que diziam? Logo os rangidos tornaram-se contínuos. A cama começou a ranger de forma ritmada, e os suspiros de Fermín intercalavam-se com os grunhidos do careca.

Harrison Rey arqueou uma sobrancelha, surpreendido contra a sua vontade, e se deu por satisfeito. Sem se preocupar muito em ser escutado ou não — pois isso pareceu-lhe pouco provável —, distanciou-se rapidamente em direção aos fundos, para retornar à sua ocupação e digerir tudo o que tinha ouvido ao longo daquela noite.

A traição

— Digamos que seja confiável. Totalmente confiável. Aí, sim, a ideia é muito boa. — Apesar do que dizia, o rosto de Soria não demonstrava confiança. Julieta olhou para ele através da fumaça do seu cigarro.

— Tu não confia em mim? — perguntou, por fim.

— Não, não é isso. Claro que confio em ti. Eu falo do plano. O plano de Echeveste não seria aceitável nunca, jamais. Claro, eu aceitei porque sei quem tu é, sei quem vai guardar o dinheiro que vamos deixar para trás, no cassino. Mas, do contrário, seria uma demência.

— E o que o Maldonado disse pra ele? — Julieta se recostou na cama e cobriu a nudez com o lençol apenas por reflexo, não porque se sentisse pudor diante de Soria, que também estava pelado.

— No início, ele protestou, é claro, como qualquer pessoa com dois neurônios. Ele não sabe quem tu é e não gostou da ideia de deixar todo o dinheiro nas mãos de um desconhecido. Mas acabou por se convencer. Ele tem uma lealdade quase canina pelo Colorado, e acaba cedendo a tudo que ele propõe.

Soria se recostou na cama e cruzou os braços atrás da nuca. Julieta pitou outra vez e o imitou. Os dois ficaram olhando para o teto.

— A verdade é que a ideia é boa. Se deixarmos o dinheiro lá, podemos voltar ao hall como simples clientes. Vamos caminhando, sem nenhuma pressa.

— Ele te disse onde pensa em deixar o dinheiro?

— Não. — Soria se surpreendeu consigo mesmo. Não lhe ocorreu fazer essa pergunta.

— Tem uns painéis de madeira embaixo da janela da sala de espera. São ocos. Acho que ninguém sabe. Descobri porque uma vez eu estava sentada ali e tirei um, sem querer, com o salto. Falei para ele deixar a grana ali.

— Quando tu disse isso?

— Ontem de tarde. Ele passou aqui para "ajustar uns detalhes", como ele mesmo disse.

— Ele se arriscou vindo aqui.

— Tu também.

Soria deu de ombros. Julieta sorriu.

— E depois, o que aconteceu? — ela perguntou depois de alguns segundos.

— Pouca coisa. Eu me fiz de difícil por um tempo, protestei, insisti pra ele me dizer quem era o contato dentro do Hotel Cassino…

— E o que mais?

— Nada, eu também não insisti tanto. Fiz de conta que pensei um pouco e acabei aceitando. Fiz umas ameaças para impressionar e foi só isso.

Ficaram em silêncio. Ela fumava, e as espirais de fumaça que escapavam de sua boca entreaberta começavam, pouco a pouco, a tomar conta de todo o ar do quarto. Ele parecia distraído, pensava em outra coisa.

— E como tu vai fazer *aquilo*? — Julieta interrompeu a calma.

— Aquilo o quê?

— Tu sabe o quê.

— Não, não sei. Como vou fazer o quê?

— Como tu vai matar os outros?

Ali estava o elefante na sala. Um assunto que, por mais que Soria tentasse convencer a si mesmo de que se tratava de um mero procedimento, deixava-o preocupado. E muito.

— No galpão. Lá em Carrasco. Ninguém passa por lá e fica longe de tudo. Eu faço o serviço e depois enterro lá mesmo, à noite, nos fundos, com cal viva — explicou.

Julieta acendeu um novo cigarro com a brasa restante do anterior. Não se comovera com a explicação sobre como morreriam, de forma violenta, duas pessoas, uma das quais ela conhecera. Não que ela fosse insensível, mas isso ainda não era real. Sua mente ainda não processava a informação como um feito.

— Tu não parece satisfeita — ele comentou.

— Claro que não. O que tu acha? Não me satisfaz matar pessoas, muito menos os sócios. Não é algo que eu faça todos os dias.

Ficaram em silêncio outra vez. Soria fechou os olhos e, para Julieta, pareceu que ele estava pálido.

Um impulso, de morbidez ou sadismo, fez com que ela continuasse perguntando:

— E como tu vai fazer?

— Acabei de falar — Soria, sem abrir os olhos, tentou cortar o assunto.

— Não... tu disse *onde*. Não disse *como*.

— Eu vou encher eles de bala. Por que raios isso te interessa?

— Eles não vão estar armados também?

— O Maldonado não, eu acho. E o Echeveste, mesmo que esteja, não importa. Além do mais, eles não vão estar esperando. É só chegar e, assim que olharem pra outro lado, bum.

— Vai ser fácil assim?

— Tu quer parar com isso? Que perguntas de merda que tu faz!

Soria se ergueu na cama e ficou sentado, de costas para Julieta. Depois de um tempo, ela apagou o cigarro em um cinzeiro na mesa de cabeceira e o abraçou por trás, agarrando-o pela cintura.

— E não tem outro jeito?

— O quê?

— Se isso te incomoda tanto, talvez dê pra fazer de outra forma. O dinheiro é bom, mesmo dividido em quatro partes. O cassino movimenta muito dinheiro todas as noites.

Por fim, Soria se virou na cama e a encarou. Ficaram com os rostos bem próximos, quase colados um ao outro.

— Olha, isso não é brincadeira. — Soria a pegou pelo queixo, como se fosse beijá-la. Em vez disso, seguiu falando rápido, em um sussurro raivoso: — É uma boa grana, sim. Tão boa que garante a aposentadoria. Tu sabe o que é aposentadoria para pessoas como nós? Até parece que sabe.

Ele a soltou e fez menção de se levantar. Julieta apoiou, delicadamente, uma das mãos no braço dele. Soria ficou olhando a mão branca e elegante apoiada em seu braço torrado pelo sol. Ficou na cama.

— Não é só o dinheiro — adicionou.

— O que mais?

— É uma tentação ficar com a grana toda, claro que sim. E quanto mais grana, mais garantida a aposentadoria, é óbvio.

— Mas o que mais?

— Sabe a quantidade de idiotas que acharam que tinham vencido, que tinham alcançado a tão sonhada aposentadoria, e logo depois acabaram presos por causa de algum caguete?

— Não entendo...

— Alguém sempre acaba falando, Julieta. A gente

quer acreditar que não, mas depois acabam se vangloriando do que fizeram, do grande golpe que deram. Ou são pegos por outra coisa e te entregam para poder negociar. Se eu quero, se nós queremos que este seja o grande trabalho antes de fugirmos tranquilos, eles não podem ficar vivos. Porque vão acabar nos entregando. Olha, eu tenho certeza. Echeveste canta que nem um passarinho, eu aposto minhas bolas.

— Não tem como saber.

— É claro que tem como saber. Sempre acontece. Sempre.

Soria voltou a se recostar na cama e encarou o teto. Julieta ficou sentada, olhando para ele.

— É a única coisa útil que o meu velho me ensinou. Ele não serviu pra mais nada. Mas isso ele sabia bem: que, cedo ou tarde, todo mundo te fode — disse Soria, sem tirar os olhos do teto em penumbras.

— O teu velho… tu nunca me falou do teu pai.

Soria apertou os lábios tão forte que os traços de seu rosto se alteraram. Projetou-se uma mandíbula dura e talhada a machado.

— Era um bosta, um zé-ninguém. Um vigarista, que nem eu. Só que ele era sujo, virado em graxa. Um porco que não tomava banho e nunca tirava uma jaqueta horrível que ele tinha, uma de couro vermelho. Ele fedia, dava pra sentir de longe o cheiro. — Soria apontou vagamente para sua careca, tentando descrevê-lo: — Todo peludo, bigodudo. Sempre com um sorrisinho de merda. Quando eu era guri, ele me dava medo. Mas depois só me dava nojo mesmo.

— Faz muito tempo que vocês não se veem?

— Quem? Eu e o meu pai?

— Sim.

— Faz anos... nem sei quantos.

— Tu nunca tinha falado nele.

— Isso é assunto meu.

Soria não olhava para mais nada a não ser o teto. Tinha certeza de que o morto estava no quarto. Ele mesmo, como um idiota, havia invocado o desgraçado. Sabia que ele estava por ali, sentado numa cadeira, sorrindo. Talvez estivesse sentado ao pé da cama. Talvez apontando novamente para o buraco da bala. Coberto de moscas, fedendo a cadáver. Esse baita filho da puta que era o seu pai, que o obrigou a matá-lo, que recebeu a bala entre os olhos sem deixar de sorrir.

— E tu confia em mim? — A voz de Julieta rompeu a cisma de Soria.

— Quê? Por que a pergunta?

— Tu não diz que alguém sempre acaba falando? Vai me matar também?

— Ah, para como isso...

— Por que não? Vai, me diz. Por acaso eu sou diferente dos outros?

— Tu vai me entregar?

— Não, claro que não. Mas o que tu acha que eu sou? Uma idiota? Tu acha que, se passasse pela minha cabeça te trair, eu ia te dizer?

Soria e Julieta se encaravam; estavam novamente virados um para o outro, muito próximos, tanto que a respiração de um aquecia a cara do outro.

— A aposentadoria... — Soria disse finalmente e voltou a calar-se.

— O que tem a aposentadoria? — ela insistiu depois de alguns segundos.

— A aposentadoria não faz sentido... se não for contigo.

Julieta olhou fixamente aqueles olhos azuis que de repente pareciam muito, muito tristes. Refletiu por um momento sobre o que estava por acontecer. Pensou em como tudo isso — o roubo, as mortes, tudo — tinha se tornado tão verdadeiro que fazia com que ela estremecesse. Como isso que era apenas uma ideia, quase uma brincadeira, avançou de repente. Como Soria passou de um caso de verão a isso. Como tudo, de súbito, era tão real. Tão real que a fazia se sentir mais viva do que nunca. Soria fazia com que se sentisse mais viva do que nunca.

Inclinou-se sobre ele e o beijou.

7

O respirador fazia barulho. Enchia e, tchisssss, esvaziava. Soltava o ar por algum lugar. O aparelho se completava com alguns tubos de organização incompreensível e uma bolsa de plástico cheia de um líquido — água? soro? — que borbulhava. Moreira estava com máscara e uma palidez trêmula que se avermelhava onde a careca terminava e os últimos cabelos que, sem muita vontade, ainda saíam de sua cabeça se faziam notar. Olhava para o nada com os olhos apagados. Vestia uma camisola de hospital e estava coberto apenas com uma manta. O cobertor não fazia a menor falta; o quarto era um forno. O choque térmico entre as ruas geladas de Montevidéu e o interior do quarto atingiu Harrison Rey como um soco na cara, desses bem dados. Aproximou uma cadeira da lateral da cama de Moreira, mas, se este o percebeu ali, não demonstrou. Rey não pôde deixar de notar que o velho fedia. Fedia a medicamentos e a ranço. Fedia como um cobertor tirado do guarda-roupa depois de três anos ou mais.

— Faz muito tempo que ele tá assim? — Rey perguntou, sem tirar os olhos do velho.

— Ele pode te escutar — respondeu Lagarto, que ficou parado junto à porta.

— Não parece.

— Mantém o respeito.

Sentado em sua cadeira, Rey pensava em como dez anos destroem uma pessoa. Era mais ou menos esse o tempo que tinha ficado sem ver Moreira. Na última vez que se encontraram, ele já estava velho, sim, mas era um velho poderoso. Um cara que dirigia nada menos que cinco cassinos clandestinos, movimentava um bom número de putas e bancava o agiota para quem pedisse. Um cara capaz de mandar quebrar uma perna por causa de um atraso em uma dívida minúscula. E agora era um cadáver magro e pálido apodrecendo em uma cama, preso a um respirador. Seria assim com todos? Moreira, quando finalmente o olhasse, pensaria "que velho que está Harrison Rey"?

Lagarto também tinha envelhecido. Sempre tivera um aspecto cônico, mas agora a cabeça parecia minúscula em comparação à cintura, que havia se expandido muito mais do que recomendava a proporção anatomicamente correta. Estava também visivelmente cansado, como se deixar de ser matador para ser enfermeiro lhe tivesse provocado um enorme esgotamento. Era algo para o que não estava preparado. E parecia não haver mais ninguém no casarão do Barrio Sur. Foi o próprio Lagarto quem lhe abriu a porta e o escoltou pelas escadas até o quarto onde Moreira passava horas olhando para o nada. Não se escutava ruído algum naquela casa, a não ser o do respirador. No quarto, não tinha televisão, rádio, revistas, nada.

— Por que tu veio? — Lagarto perguntou, sempre no seu posto de protetor. Harrison Rey balançou a cabeça sem responder e deixou entrever um sorriso. Arrependia-se da ideia de ter vindo. Explicar qualquer coisa parecia inútil. — Por onde tu andou esse tempo todo? Pensamos que tu tinha morrido.

— É... foi mais ou menos isso. As coisas se complicaram, e tive que me retirar por um tempo.

Lagarto assentiu, como se confirmasse algo que já soubesse. Moreira piscou. Não muito, brevemente e apenas um olho.

— E por que tu veio aqui agora? — Lagarto insistiu.

Rey coçou a cabeça, roeu uma unha, voltou a olhar para Moreira e, quando viu crescer a impaciência de Lagarto, procurou algo no bolso do casaco. Tirou um envelope de papel em que estava impresso "Foto Martín".

—Trouxe umas fotos de uns sujeitos que eu tenho certeza que estão envolvidos em coisa ruim. Pela idade deles, pensei que o Moreira pudesse conhecer.

— Tá, fala com ele. Vê se ele ainda aceita te dar uma mão.

Moreira não estava com jeito de que fosse capaz de responder coisa alguma. Rey olhou novamente para ele, desanimado, erguendo o envelope na sua direção. Mas o velho nem se mexeu.

Rey, confuso, voltou-se para Lagarto. Este, com resignação e relutância, deixou o posto junto à porta e aproximou-se da cama. Com um cuidado e uma meticulosidade que contrariavam suas mãos grandes e cheias de cicatrizes, tirou as fotos ampliadas de dentro do envelope. Posicionou-se junto à cabeceira, junto a Moreira, e colocou a primeira foto em frente aos olhos deste.

— Esse é o mais jovem dos três — comentou Rey, que havia se espremido entre Lagarto e a cama para poder ver a foto em que o tatuado recolhia o lixo esparramado pelo pátio — e aparentemente se chama Fermín.

— É um guri — disse Lagarto.

— Nem tanto... tem mais de trinta — Rey protestou.

— Tu não disse que eles tinham idade para...?

— Os outros dois.

Moreira não tinha feito o menor gesto, nada além de ficar piscando com apenas um dos olhos, o que Rey já identificava como um tique nervoso ou a única expressão do corpo para indicar que ainda estava vivo. Sem prestar atenção à sua falta de reações, Lagarto passou três fotos — todas com Fermín, apenas, no pátio, em uma delas ele fumava — e então chegou à primeira em que aparecia Víctor, o bigodudo, parado à porta da cozinha.

— Eu acho que este se chama Víctor — Rey falou mais uma vez, olhando para Moreira.

Moreira havia focado um dos olhos nas fotos, aquele que não piscava, e só agora Rey percebia isso. Devagar, muito devagar, levantou uma das mãos até alcançar a foto, que ficou suspensa apenas pelos dedos trêmulos. Até Lagarto parecia estar surpreso com a sua repentina mobilidade.

— Maldonado... — disse o velho.

— Como? — Rey quase respondeu que "não, é em Villa Argentina, em Canelones".

— Víctor Maldonado... — repetiu o velho.

— Esse nome me soa familiar... — Lagarto decidiu ajudar. — Ele trabalhava como motorista uns anos atrás. Dirigia bem o cara, não é mesmo, seu Moreira?

O gesto do velho poderia ser interpretado como uma aprovação com a cabeça ou podia ser a tremedeira da sua mão se expandindo para o resto do corpo.

— Maldonado. Motorista. — assentiu Rey. — Mais alguma coisa?

— Faz anos que não sabemos dele. — Lagarto deu de ombros. — Se me disser que ele tá aposentado, eu acredito. Ou morto.

— Fez... trabalhos... comigo... faz... uns... anos... — O esforço de uma frase completa esgotou Moreira. Sua cabeça caiu sobre o travesseiro, e ele começou a respirar agitado através da máscara. Lagarto mostrou-se preocupado.

— Acho melhor tu ir embora, Rey — disse ele.

— Espera um segundo. — Rey pegou de volta as fotos e as passou até chegar à última, aquela em que aparecia o careca, nítido, em plano médio, parado junto à bancada da cozinha. Colocou a foto diante dos olhos de Moreira, que custaram a vê-la; aquele olho antes focado agora dançava descontroladamente.

— Rey… — insistiu Lagarto.

Mas Harrison Rey não se moveu e manteve a foto cobrindo toda a visão de Moreira. Por fim, o velho pareceu se acalmar e conseguiu olhar para a foto. Ficou nitidamente concentrado. O rosto lhe parecia familiar, evidentemente. Então, surgiu uma faísca em seu olhar.

— Soria… é assaltante… — conseguiu dizer. Rey olhou para Lagarto esperando mais ajuda, mas dessa vez ele não tinha nada para dizer. — Estava… preso… — Moreira conseguiu continuar. — Pensei… que… morto…

— Soria. Assaltante. Preso. E Víctor Maldonado. Motorista — revisou Rey. Lagarto o pegou por um braço. Hora de ir. Mas ele ainda tinha uma pergunta: — Preso por quê?

— Roubou… um… cassino… faz… muitos… anos…

— Um hotel cassino em Atlántida?

Moreira voltou a assentir com o olho que tremia. O outro olho agora piscava rítmica e perturbadoramente.

— Um roubo que deu errado? Em que ninguém levou o dinheiro? — insistiu Rey, mas era inútil. Moreira estava ofegante e com a cabeça afundada no travesseiro.

— Já deu. — Lagarto fez um pouco de pressão no braço que agarrou. Rey olhou para ele. Lagarto não conseguiu encarar o olhar. Tirou a mão.

— Bom. Já deu. Obrigado, Moreira — disse Harrison Rey, mesmo que fosse possível que o velho já não o conseguisse ouvir.

Lagarto o acompanhou pelas escadas até a porta. Ali, acendeu um cigarro e ofereceu outro a Rey.

— Não posso fumar lá dentro — esclareceu Lagarto, inutilmente.

— O que aconteceu com ele? — Rey apontou com a cabeça para o topo das escadas.

— Ninguém sabe... Os médicos falam de tudo, mas não concordam em nada. Um infarto, um derrame cerebral. Vai saber.

— Que bosta.

— Na minha opinião, foi a modernidade.

— O quê? — Rey soltou a fumaça reprimindo uma gargalhada.

— Não estou brincando. Tem a internet. Tem o celular. Tem o tal do e-mail. Tem o tal do zap. O Moreira não deu conta disso tudo. Nós não damos conta disso aí. Não entendemos nada. Isso é grego para nós. E é duro se sentir inútil tão de repente. Foi por isso que eu deixei tu perguntar o que tu queria. Eu sei que ele se sente bem fazendo alguma coisa. O Moreira não conseguia mais administrar os negócios. Isso acabou com ele. Aí, ele ficou assim, do jeito que tu viu.

— Ah... bom... se tu diz...

— Nós somos uns dinossauros, Rey. Todos nós.

Harrison Rey encarou-o por um segundo. Era verdade. Ele não usava computador e tampouco tinha celular. Mas não se sentia particularmente velho ou inútil.

— Bom... obrigado, Lagarto.

— Nós nos vemos por aí. Daqui a outros dez anos,

talvez.

— Não… eu voltei agora pra ficar.

— Só o tempo vai dizer.

Afastou-se alguns passos. Por um momento, pensou em voltar e dizer “espero que o Moreira melhore”, mas, bah, não seria sincero. Rey não se importava com nenhum dos dois, nem com Moreira, nem com Lagarto. Na verdade, ele não se importava com ninguém.

Desceu rua abaixo e desapareceu.

A espera

— O cara se chamava Napolitano... ou será que ele era napolitano? Ah, eu não me lembro. Mas tenho certeza que era alguma coisa com "tano". — Echeveste tentava se lembrar. — Enfim, a questão é que a casa não passava de um mirador. Foi construída como ponto de encontro, um lugar para juntar os amigos e tomar uns vermutes. Mas aí, depois, as pessoas começaram a alucinar e, por causa do aspecto, por causa disso que os nazis usavam águias como símbolo para tudo, começaram a pensar que era um observatório, começaram a dizer que era um lugar de espionagem. Um lugar de onde seria possível vigiar a desembocadura do Rio da Prata. Mas nada disso é verdade, claro.

Maldonado já estava arrependido de ter perguntado como se originou a Casa da Águia que dominava a praia de Villa Argentina. Parecia que o Colorado não ia parar nunca mais. Soria lhe tinha lançado uns olhares aborrecidos, mas em seguida depois deu as costas aos dois, e concentrou-se em preparar o mate. A pequena cozinha da casa alugada, ampla, limpa e iluminada, não parecia, por outro lado, conseguir abrigar os três homens. Estavam claramente desconfortáveis. E a péssima solução de Colorado para combater o incômodo era falar pelos cotovelos.

— Esse cara era tipo o Piria, de Piriápolis, óbvio. — Echeveste começou a apontar para objetos inexistentes em cima da mesa da cozinha. — E, como ele, criou sua própria cidade.

— O Piria? — perguntou Maldonado.

— Não, o outro. O tal "tano", essa da Casa da Águia. Atlántida meio que foi construída por ele.

— Pelo menos não colocou o nome de Napolópolis — sorriu Maldonado.

— Hahaha. Sim. Ou seja lá qual fosse o nome dele... — Echeveste estreitou os olhos. — Pensando bem, acho que ele não era napolitano. De qualquer jeito, se não me engano, ele fez o mesmo que Piria: comprou um monte de terrenos aqui pela região e foi leiloando. Quanto mais vendia, mais comprava. E, ao mesmo tempo, foi fazendo coisas pra ele mesmo: uma casa no centro de Atlántida, a Casa da Águia sobre a costa e coisas do tipo.

A água chiou na chaleira, e Echeveste e Maldonado se deram conta de que Soria estava de costas para eles durante todo aquele tempo. A nuca careca fez os dois ficarem ainda mais nervosos, a ponto de o Colorado deixar escapar um risinho estúpido. O Maldonado, por sua vez, questionava-se como essas duas pessoas com quem ele se reunia agora podiam ter mudado tanto em poucos anos. O Echeveste tinha virado um charlatão imparável, e Soria, um resmungão ameaçador. Nenhum dos dois era assim na última vez em que tinha trabalharam juntos. Mas já se tinham passado quase dez anos desde então. Muitas coisas acontecem em dez anos, é claro.

— De qualquer forma — Colorado retomou o seu monólogo —, não tem chance de ter sido um observatório nazista, porque o cara construiu a Casa da Águia depois da guerra. Eu tenho quase certeza que foi em 1946. Um pouco tarde demais pra ser um observatório nazista.

— Mmh — Maldonado assentiu, preocupado apenas com o fato de que Soria tinha começado a matear, sempre de costas, e não parecia nem um pouco interessado em se virar e oferecer um mate aos colegas.

— É terrível ver como tá abandonada agora, terrível. — Echeveste mexeu a cabeça. — Virou palco de vândalos, toda grafitada, cheia de sujeira, cheirando a mijo. Uma pena, de verdade.

— Vamos repassar tudo de novo — interrompeu Soria, virando-se finalmente.

— Tu que acha que precisa? — Colorado sorriu para ele, — O plano é simples. Se ficarmos repetindo, é capaz de ficarmos nervosos.

— Vamos repassar — o careca insistiu, intransigente.

— Bom — Echeveste cedeu e começou a enumerar com os dedos. — Tu e eu entramos no cassino. Nos misturamos com as pessoas, esperamos um tempo. Levamos as sacolas por baixo da roupa, e umas meias para usar como máscaras.

Soria assentiu em voz baixa, e Colorado continuou:

— Maldonado fica no carro, na frente. Motor ligado, mas sem chamar muita atenção.

— Tem certeza? — Soria coçou uma bochecha e esperou, inutilmente, que Maldonado interviesse.

— Como tem muito movimento, não dá nada — replicou Echeveste.

— Continua.

— Quando der, entramos na sala dos empregados sem que ninguém nos veja. Dominamos e amarramos os contadores e o guarda, pegamos a grana e saímos. Daí escondemos as sacolas com a grana atrás de uns painéis que ninguém sabe que existe. Como eu disse antes, essa é a chave. E saímos caminhando até o carro, o mais calmamente possível. Trocamos pra caminhonete aqui perto e é isso. Vamos pra Montevidéu.

— E o dinheiro?

— O nosso homem infiltrado no cassino vai pegar uns dias depois, quando as coisas se acalmarem. Ele leva pra Montevidéu, e eu levo pro galpão em Carrasco. Ali, dividirmos.

Havia muitas lacunas no plano: era confiança demais depositada em gente sem nome ou rosto com quem se deixaria dinheiro. Sem brincadeira. Deixar o dinheiro! Maldonado mexia-se, inquieto. Esperava que Soria protestasse e se surpreendeu ante o silêncio dele. Por um segundo, pensou em dizer algo, mas se aguentou. Se Soria concordava com isso, então ele devia concordar também. Ele confiava em Echeveste, apesar de estar surpreso com o fato de Soria confiar também.

Claro que Soria concordava. O plano verdadeiro — ou o plano dele e de Julieta — tinha poucas diferenças daquele explicado por Echeveste. A principal delas era que, entre o momento em que sairiam do Hotel Cassino e o momento em que chegaria o "homem infiltrado" com o dinheiro, Echeveste e Maldonado estariam mortos.

O Colorado não tinha dúvida alguma. O seu plano tinha muitos furos, falhas graves, mas ele nem percebia. A única coisa que preenchia a sua mente era um estado de felicidade intermitente. Sim, ele se preocupava com os silêncios de Soria e, às vezes, até a fidelidade canina de Maldonado o deixava agoniado. Mas, apesar de tudo isso, se sentia feliz de estar de volta ao jogo. Dez anos. Dez anos sem um trabalho sequer. Sem nenhum convite, sem sequer levar um projeto próprio adiante. Primeiro, culpou o momento político, que era o mais evidente. Mas, depois, percebendo que outros continuavam trabalhando ou até mesmo se beneficiando com o caos da ditadura, não entendeu o que acontecia. Logo, ele percebeu a dolorosa verdade: seu tempo havia passado. Sua reputação de planejador não era tão grande quanto ele pensava. Então, deixaram de chamá-lo. Ninguém passava mais pela sua casa. Ele ainda frequentava aqueles dois ou três botecos onde geralmente as pessoas se reuniam, passava de mesa em mesa. O fato é que nunca passava da segunda ou da terceira conversa. Sim, tem esse esquema da casa de câmbio. Claro, Colorado, eu te aviso. Não, fica tranquilo, não é o momento ainda. Hoje a gente não pode se reunir, nos falamos na semana que vem. Não, no fim, acabamos fazendo com outro grupo, desculpa. Tu sabe como são as coisas. E ele, o Colorado Echeveste, famoso — tinha certeza — por conta daquele ousado roubo à joalheria (pelo qual tinha sido preso, mas isso não importava), primeiro passou a ficar no banco de suplentes; depois, nem chegava a ser escalado para o jogo.

Por isso ele inventou a suposta filiação política. Não conhecia um tupamaro sequer, e o único contato que podia chamar de político era um primo comunista com quem falava raramente. Mas ele começou a se esconder atrás dessa lenda. Estava escondido porque os milicos o procuravam. Não, não posso aparecer agora. Não, estou ocupado com os companheiros, desculpa, não posso te dar detalhes. E, assim, aos poucos, ele mesmo começou a acreditar. É o que acontece. Esse personagem que ele criou como uma forma de sobreviver começou a ter mais envergadura e ser mais real do que o Echeveste ladrão profissional. Ninguém chamava mais este Echeveste! O Echeveste militante político também não, mas era por motivo de precaução, por segurança. Agora era um Echeveste renascido. Um Echeveste que escolhia, benevolente, voltar a comandar um projeto, pelo bem de seus sócios mais jovens. Um Echeveste generoso. Um novo homem.

Ele repetia tudo isso mentalmente, e para a sua cabeça isso era um prato cheio. Porque as inseguranças e os medos estavam lá, claro que estavam. E os conseguia ver no olhar dos outros dois, especialmente no de Soria. E então o pânico tomava conta. E o paralisava. Por isso, começava a lembrar-se de anedotas que não eram reais, mas que tinham sido repetidas até cansar. Três dias naquela toca de tatu, escondido. A vez que teve que passar os documentos em plena Avenida 18 de Julho. As armas que estavam escondidas naquela casa em Malvin. E, com isso, se recompunha.

Echeveste não era louco nem delirava. Uma parte do seu cérebro sabia que todas essas anedotas eram mentira, invenções para explicar os dez anos de inatividade. Mas, de alguma forma, o reconfortavam. Traziam-lhe paz diante das inseguranças e dos medos. E ele se agarrava ao que tinha, fosse o que fosse.

— Já anoiteceu — anunciou Soria.

— Vamos? — perguntou Maldonado.

Houve um silêncio e Echeveste percebeu, feliz, que ambos esperavam por ele. Esperavam que ele decidisse.

— Soria, pega as malas e as meias — ordenou. O careca demorou um pouco, mas obedeceu. — O carro já tá pronto?

— Faz dias, que pergunta.

— Então, vamos.

Maldonado saiu primeiro, o que deixou Colorado sozinho na cozinha por um momento. Echeveste engoliu a saliva, respirou fundo duas vezes e construiu um sorriso de segurança que conseguiu colocar na cara antes de Soria voltar.

Saíram noite adentro.

8

Arrancado de um hospital e jogado em outro. Era assim que Harrison Rey se sentia ao entrar no elevador que o levaria ao terceiro andar do Hospital Britânico de Montevidéu. Ninguém tinha perguntado nada na recepção, e ele, que já tinha falado com Irene e sabia para onde ir, também não perguntou nada. Espremido no elevador, percebeu que era horário de visita. Uma mulher gorda suava à sua frente, exalando um cheiro de lavanda que tomava conta da pequena caixa metálica com, no mínimo, oito pessoas. Rey segurou um espirro. A mulher e quase todos os demais desceram no segundo andar e, então, ele pôde se recompor antes de descer no andar seguinte. Era o andar VIP, com os quartos privados e, portanto, havia poucas pessoas.

Encontrou o quarto em seguida. Irene estava sentada junto à cama do irmão, os olhos semicerrados por causa do sol que atravessava a janela e, aparentemente, olhava para o nada. Na ponta da cama, em um banquinho, uma acompanhante hospitalar lia uma revista. Fazia muito calor dentro do quarto, que fedia a remédios. Era parecido à casa de Moreira, só que mais limpo e profissional. Isso sem falar na acompanhante, que parecia muito mais enfermeira do que o Lagarto.

Pela primeira vez, Rey viu Pablo Gorland. Estava com a cabeça enfaixada de forma cuidadosa e minuciosa. O inchaço do rosto não era tanto e, se não fosse por algumas áreas escuras por causa dos hematomas, ele podia muito bem se passar por alguém adormecido. A seu lado, uma máquina pulsava, e Harrison Rey podia imaginar todos os tubos e cabos que saíam do corpo inconsciente, apesar de uma mão piedosa os ter dissimulado com muita habilidade por debaixo do lençol. Ficou parado na porta, sem saber se Irene o tinha visto ou não. A acompanhante dirigiu-lhe um sorriso profissional, desses que brotam sem pensar, e Rey o retribuiu. Ele sentia vontade de tirar o casaco, e abrir alguns botões da camisa, mas não queria ficar nem um segundo a mais que o necessário, nem dar a entender que poderia passar um tempo extra no hospital. Finalmente, Irene se mexeu. A acompanhante teve que levantar-se para deixá-la passar, mas Irene sequer a olhou. Rey recuou e saiu para o corredor, para que ela também pudesse sair.

— Vamos para a porta, porque estes filhos da puta ficam furiosos se alguém fuma aqui dentro — disse como forma de saudação.

Rey a seguiu até o elevador, e desceram os três andares sem dizer uma só palavra, novamente espremidos a partir do segundo andar. Cruzaram o saguão do hospital e saíram pela Avenida Itália. Sentaram em uma mureta e, então, Irene desembolsou sua cigarreira. Outra vez, ela nem sequer esboçou oferecer-lhe um cigarro. Mas Rey estava preparado para tal situação. Sacou um de seus Nevada e até chegou a acender o cigarro dela antes do seu. Os dois inalaram e exalaram a fumaça, sem olhar um para o outro. Enfim, Rey resolveu dar início à conversa.

— Ele está se recuperando?

— Hmm?

— O seu irmão. Ele está se recuperando?

— Não. Não teve melhoras. Eu tirei ele daquela clínica e o trouxe pra cá, para este hospital, porque me falaram de um médico especializado em comas como esse, como o do Pablo, por traumatismo. Mas não teve melhora nenhuma.

Os dois fumaram por um momento, outra vez em silêncio. Diante deles passavam, a todo momento, carros e ônibus. Mas não havia muito barulho, apenas um sussurro contínuo de motores, imperceptível. O céu brilhava azul, e o sol combatia, com muito êxito, o vento frio.

— Suponho que vão desligá-lo em alguns dias... não sei. — Irene falava como se não fosse assunto dela. — Foi o que aconselhou o médico, esse especialista de quem eu falei. Mas eu ainda não decidi... pode ser que, quando desliguem os aparelhos, ele continue respirando. Mas talvez não... não sei.

Ela não parecia especialmente triste ou preocupada. De qualquer forma, Rey preferiu não seguir no tema e aguardou em silêncio, fumando.

— O que tu tem pra mim? — perguntou Irene, depois de um tempo. Antes de responder, Rey deu outra pitada.

— O seu irmão foi espancado por três caras. Dois deles, são malandros profissionais. Se bem que o mais provável é que os três sejam profissionais.

Irene o escutou em silêncio, olhando fixamente para ele. Um pouco desconfortável, Harrison Rey se viu obrigado a falar mais.

— Seus nomes são Maldonado e Soria, os que eu tenho certeza que são ladrões. O outro é um tal de Fermín. Não sei bem o que ele faz, mas totalmente limpo não está.

— Por quê?

— Por quê? Bom, ele tem tatuagens de prisão, dessas feitas com tinta de caneta, e eu acho que ele esteve mesmo na cadeia...

— Não, eu perguntei por que bateram no Pablo.

— Ah, isso.

Rey esperou mais um segundo, disfarçando a hesitação com outra pitada no Nevada. Ele ainda não tinha decidido quanto da história contar à sua contratante.

— Trinta anos atrás, esses dois, Soria e Maldonado, roubaram o mesmo hotel que seu irmão comprou pra reformar. Roubaram muito dinheiro... Bom, não tenho certeza se Maldonado estava junto, mas Soria é certo que sim. E como o Maldonado está na volta dele e tem quase a mesma idade que Soria...

Irene perdeu a paciência por um momento e o interrompeu:

— Eu não entendo... o que essa merda de trinta anos atrás tem a ver com a surra que deram no meu irmão há uma semana?

— Espera... a chave de tudo é esse dinheiro. Soria, provavelmente com mais algumas pessoas, roubou o cassino em 1986. A parte fundamental, e que nos interessa agora, é que o dinheiro nunca foi recuperado.

— E daí? — Irene não se acalmava.

— O dinheiro ainda está lá, senhorita Gorland. — Harrison Rey não conseguiu evitar o efeito dramático. — Soria ficou preso esse tempo todo, e agora está livre para recuperar o dinheiro. E, a menos que eu esteja muito enganado, essa grana continua no hotel, mesmo depois desses anos todos. O cara saiu da cadeia, se reuniu com alguns bandidos e tá aí, pronto para recuperar o dinheiro. E, justo nesse momento, aconteceu do seu irmão reformar o hotel e passar dias inteiros lá dentro, comandando dezenas de operários. Entende? Tiraram ele do caminho para que o hotel voltasse a ficar vazio e eles pudessem pegar o dinheiro.

Irene quis fumar, mas descobriu que o cigarro já tinha apagado. Jogou-o longe, bruscamente, e o cigarro bateu na perna de uma mulher que passava, mas nem percebeu. Com a mão um pouco trêmula, pegou um novo cigarro, e Rey acendeu este também. Ela deu três pitadas, soltou bastante fumaça e só então voltou a olhar para ele.

— Tu sabe onde eles estão? — perguntou.

— Não. Mas sei onde querem estar.

— O quê?

— É simples. Quando pode retirar todos os operários que ainda estão no hotel?

Irene mostrou os dentes com fúria, quase como um animal.

— Aqueles filhos da puta estão querendo me ferrar. Assim que eu cheguei, parei aquela obra, mas eles ficam enrolando para tirar o material de lá e vieram com um papo de "compromissos pré-estabelecidos".

— Está bem — Rey a interrompeu. Ele não tinha interesse em nada daquilo. — Isso nos serviu até o momento. Enquanto houver pessoas no hotel, eles não podem ir buscar o dinheiro.

— E então?

— Eu vou voltar para Atlántida agora mesmo. Faça o possível para que os operários saiam logo de lá, mesmo que deixem alguns materiais por lá mesmo. Desde que saiam entre hoje e amanhã, está bom. Daí, eles vão sair para buscar o dinheiro, e eu estarei lá, esperando por eles.

— E tu vai fazer o que eu disse?

— Sabe que sim.

— Me diz o que vai fazer.

— Vou atirar neles. Nos três. Não sei se foi só um, dois ou todos os três que surraram o seu irmão, então, por via das dúvidas, vou atirar nos três. Está bem assim?

Irene não respondeu, mas assentiu bem séria, encarando-o nos olhos. Ela tinha lindos olhos, Rey concluiu. Ele já se preparava para se levantar e ir embora quando ela voltou a falar:

— E o dinheiro?

Zás. Era por isso que Rey não tinha certeza do quanto contar para ela. Fez uma pausa para deixar a pergunta se assentar, e a olhou de volta.

— O que tem o dinheiro?

— E se ele estiver mesmo no hotel? O que acontece com o dinheiro?

— Não temos como ter certeza de que o dinheiro ainda está lá ou, no caso de estar, que alguém consiga encontrar.

— Aham — ela concordou, mas continuou olhando para ele de forma insistente.

— Se o dinheiro aparecer, eu fico com ele — respondeu, firme, Harrison Rey. — Nunca se falou em recuperar dinheiro para ninguém. Falamos em matar três homens, e isso eu vou fazer.

— Bom — Irene assentiu novamente —, me parece justo.

— Tem mais uma coisa. — Já de pé, Rey se interrompeu sem ter dado nenhum passo ainda.

— Sim?

— Preciso de um pouco mais de dinheiro. Eu já tinha avisado.

Irene o olhou sem entender e, então, reagiu. Procurou na bolsa, e tirou um envelope que ela já tinha preparado. Ficou segurando-o na frente de Rey.

— O dinheiro do hotel não é o suficiente? — ela perguntou em tom de deboche.

— É como dizem...

— O quê?

— Mais vale um pássaro na mão...

Rey sorriu ao dizer isso, mas não recebeu resposta alguma. Ele pegou o envelope e teve até que forçar um pouco para conseguir que ela o soltasse. Irene já não olhava em sua direção, concentrava-se em um novo cigarro. Harrison Rey guardou o envelope, virou-se e caminhou em direção à parada dos ônibus interestaduais.

O roubo

O calçadão estava molhado. Soria não se lembrava de ter chovido, mas o asfalto, escuro por causa da água, mostrava várias poças. Talvez alguém o houvesse molhado com uma mangueira ou um caminhão-pipa tivesse passado. Estava quente o bastante para isso. Na água acumulada, refletiam-se as luzes azuis e vermelhas dos letreiros de neon do Hotel Cassino. As cores e as letras deformavam-se ali. Soria contemplou as poças, imóvel, ainda dentro do Ford de Maldonado. O reflexo das luzes de neon no chão parecia-lhe algo fantástico, insano. Como se fosse uma janela para outro lugar, outra realidade, onde as coisas estavam distorcidas e deformadas. Quase uma advertência. O outro lado, aquele mundo além dos reflexos, era um lugar horrível. Um lugar onde ele não queria estar. Mas era para lá que ele se dirigia. E então, com dificuldade — já que alguma coisa nos reflexos o fascinava —, olhou para cima. E viu o seu pai, olhando para ele, sentado naquela longa escadaria com largos degraus de mármore, com o seu sorriso e o buraco de bala no meio da testa. Sentado no meio da multidão — que o ignorava como se ele não estivesse ali — que subia e descia a escadaria. Porque ele não estava, não estava ali para mais ninguém além dele. E, assim, com o sorriso nojento do seu pai, Soria entendeu que tudo ia dar errado naquela noite.

— Cada um leva a sua meia. — A voz trêmula de Echeveste o tirou do transe, mas apenas aumentou a sensação de fatalidade iminente. Aquela voz gaguejante, aquele olhar que não buscava os olhos. — Imagina se lá dentro a gente se complica nisso...

— Claro que cada um leva a sua meia — respondeu Soria, irritado. — Por que faríamos de outro jeito?

— Por nada, só para lembrar — Echeveste limpou a garganta e rapidamente entregou-lhe a meia que seria usada como máscara.

— Tu tá com o ferro? — A cada pergunta que fazia, a voz de Soria ficava mais rouca e mais agressiva. Colorado mostrou para ele uma pistola .32, curta, preta e brilhosa. — Bom — assentiu Soria e, apesar de ninguém ter perguntado, adicionou: — Eu vou com os meus na cintura.

— Desçam aqui — indicou Maldonado. — Vou dar a volta com o carro e ficar do lado do hotel. Espero vocês ali.

Soria e Echeveste desceram, este último com impulso tenso que quase o prendeu à porta do carro, e atravessaram o calçadão. A noite estava animada. Muito movimento, calor, pessoas caminhando, passeando com seus cachorros, tomando sorvete. Dezenas de pessoas subindo a escadaria do hotel. Na confusão, Soria perdeu o pai de vista, mas também não quis procurá-lo muito. Era certo que, se o procurasse, o encontraria. Entraram no cassino misturados a um grupo de turistas brasileiros que já vinham alterados por bebidas alcoólicas e cantavam alto em português. Músicas de carnaval. Dos porteiros, só receberam sorrisos subservientes e portas abertas.

Echeveste lançava a Soria olhares que este obstinadamente ignorava. Ainda que a indicação de Colorado tenha sido clara — ficar perto da porta e, por consequência, do salão dos caça-níqueis e da portinha para o pessoal autorizado —, o careca continuou caminhando até as mesas de roleta. Uma ideia não saía da sua cabeça:

não se despedira de Julieta no dia anterior. Ela dormia quando ele saiu de seu apartamento, por isso não se despedira. Agora, diante da intensa sensação de que tudo daria errado, queria vê-la, pelo menos cruzar um olhar com ela. Perdeu Echeveste de vista entre as pessoas e cruzou a sala das roletas.

Julieta estava na sua mesa de sempre, concentrada em sua função. Levou algum tempo para vê-lo, mesmo que Soria estivesse bem à sua frente, do outro lado da roleta. Quando ela o viu, a preocupação nublou seus olhos. Alguma coisa tinha dado errado? Soria negou com a cabeça e sorriu para ela. Julieta retribuiu, mas ainda o interrogava com o olhar. Ele apenas deu de ombros e, justo no momento em que finalmente Echeveste o alcançava, virou-se e voltou à sua tarefa. O Colorado deteve-se por um segundo, desconcertado, e, se não estivesse tão nervoso, com certeza teria notado diante de qual mesa Soria havia parado, e diante de quem. Porém, só conseguia pensar em não perdê-lo de vista novamente. Então, sem demora, começou a segui-lo com a cara cheia de preocupação.

De volta à sala dos caça-níqueis, o Colorado não conseguiu mais se conter.

— Te aquieta, tchê! O que tu acha que tá fazendo indo de lá pra cá? — sussurrou com raiva.

— Tempo — foi a brusca resposta de Soria. Ele tinha visto algo de que não gostara. Junto aos caça-níqueis, do lado da porta, havia um homem parado. Parecia estar jogando, mas era evidente que apenas colocava sem vontade uma moeda atrás da outra na máquina, cumprindo uma obrigação. E seu olhar perambulava pelo saguão, sem nem ver se estava ganhando ou não. Aquele cara não estava ali para apostar, não senhor.

Pensou em alertar Echeveste, mas ele já não estava do seu lado. Encontrou o parceiro caminhando até a porta onde se lia "Somente pessoal autorizado", aproveitando que ninguém estava por perto. Talvez ele até tivesse soltado um "vamos" antes de ir, mas Soria não ouviu. Voltou a olhar o homem que não jogava; analisou-o com toda a atenção possível. Conferiu o casaco que ele vestia. O casaco por si só era chamativo. Apenas três pessoas dentro do cassino usavam casaco naquela noite de muito calor: ele, Echeveste e o homem que apostava sem nem olhar para a máquina. Echeveste e ele escondiam armas com o casaco. O cara tinha um volume na cintura, debaixo do casaco, na altura do quadril. "Dois mais dois, meu querido", o seu pai teria dito, cuspindo ao falar.

Mas já era tarde demais. Tarde demais para parar tudo. Tarde demais para dizer ao Colorado que ele era um idiota descomunal. Tarde demais para jogar na cara dele que, em todas as vezes que ele veio ao cassino, não percebeu um segurança externo tão óbvio. Tarde demais para jogar na própria cara que ele mesmo não tinha percebido até agora. Tarde demais para se enfurecer com Julieta, que incrivelmente também não tinha reparado em algo tão óbvio. Tarde demais para evitar que Echeveste chegasse à porta em questão, se virasse e o olhasse com impaciência. Tarde demais para voltar atrás.

Como sempre lhe acontecia quando as coisas começavam a acontecer, ele virou um mero espectador de tudo. Como se aquele homem grande, careca e com cara de cansado não fosse ele mesmo, e sim um ator que interpretava um papel. Uma peça de um mecanismo que funcionava automaticamente. E, assim, ele viu Soria dar uma última olhada para o cara do casaco, comprovar que ele não o notara e cruzar o saguão entre os caça-níqueis.

O Colorado ameaçou dizer-lhe algo, mas Soria abriu a porta rapidamente e os dois entraram para o corredor em um instante.

Uma vez lá dentro, Echeveste não aguentou mais.

— Mas, rapaz, o que que tu tem? — A raiva tinha substituído o próprio nervosismo. — Tá dormindo?

Soria respondeu com algo que mais parecia um grunhido enquanto indicava para que ele avançasse e que não ficasse se demorando no corredor. Estava preocupado com aquela porta nos fundos. Não conseguia vê-la direito. Estava entreaberta?

Por outro lado, Echeveste estava confiante pela primeira vez em toda a noite. Os seus delírios de militante político e ladrão experiente tornaram-se mais vivos do que nunca, e ele estava possuído pela condição de cérebro da operação.

— Soria, tu tem que raciocinar! Não é o momento pra se distrair!

E, então, Soria não teve mais dúvidas. A porta dos fundos estava entreaberta. E abria-se cada mais. Uma mão começava a aparecer. O tal de Omar escutou os dois. Eles entraram justo quando ele estava abrindo ou fechando a porta, e ele os ouviu. Agora estava quase os vendo.

Não tinha volta. O Colorado não tinha percebido nada e, mesmo que desse tempo de alertá-lo, esse tempo não dava margem para colocar as meias na cabeça. Então, Soria olhou sombriamente para o Colorado — que parou na metade de outro protesto, entendendo de repente que estava acontecendo algo de errado — e saiu a passos largos para os fundos.

Omar colocou a cabeça para dentro e viu dois homens vindo rápido. Não conseguiu vê-los direito. A luz da sala de funcionários não abrangia todo o corredor e, por um momento, pensou que eram empregados do cassino. Até o momento em que viu uma careca branca em destaque na penumbra e, então, Omar entendeu que não, não eram empregados. Talvez fossem clientes perdidos. Não seria a primeira vez que clientes entram sem ver o cartaz na porta, pensando ser outra sala de apostas ou até um banheiro.

— Senhores, esta sala é somente para pessoal autorizado — exclamou Omar, a partir da porta, com gentileza. Os dois homens não pararam. De fato, o segundo homem, que agora ele conseguia ver muito bem que era um velho ruivo, apertava o passo para alcançar o careca. O careca parecia-lhe ligeiramente familiar, mas não sabia de onde. Omar já ia dizer algo, mas estacou de repente.

O careca acabava de colocar ambas as mãos atrás das costas e as fez reaparecer como em um lento truque de mágica. E cada mão agora empunhava uma pistola automática brilhante e reluzente.

9

A solução que Harrison Rey encontrou para a questão de onde se esconder para fazer a vigília veio em um momento de inspiração: dentro do próprio Hotel Cassino abandonado. Nas primeiras horas da tarde, enquanto o capataz e os operários ainda retiravam os materiais e as ferramentas, ele entrou por uma porta nos fundos e subiu até o primeiro andar por meio daquilo que parecia ser ou ter sido um dia uma escada de serviço. Dali, ele os escutou trabalhar e rir. Rir mais do que tudo. Entre as vozes, ele pensou ter reconhecido a do velho e a do jovem grandão do primeiro dia em que se aproximou do hotel, mas não estava certo disso. Os operários pararam para tomar mate e, nesse momento, o celular do capataz tocou. Pela discussão que se seguiu, devia ter sido a ligação de Irene Gorland. Relutante, o capataz ordenou que voltassem a se mexer. O espião improvisado escolheu um quarto completamente vazio no primeiro andar — onde não corria grande risco de ser encontrado — e se limitou a esperar sentado no chão, escutando. Lá embaixo, os operários entraram e saíram por mais um tempo, sem nunca subir as escadas. De repente, fez-se silêncio. Rey tentou vê-los sair pela janela do quarto, mas seu ângulo não o permitiu. Mas, em compensação, dali ele podia ver o Rio da Prata em todo o seu esplendor.

Embora estivesse praticamente convencido de que os homens já tinham ido embora, esperou um pouco mais. Rey era bom nessa coisa de esperar. Podia ser muito paciente quando necessário. Depois de uma longa hora de silêncio, desceu com cautela. O lugar estava vazio. Percorreu a área toda sem pressa, convencido de que Soria, Maldonado e Fermín viriam — se é que viriam neste dia — quando caísse a noite. O lugar estava completamente arruinado. Nem as partes que evidenciavam reformas — um banheiro, as cozinhas, a fiação para deixar a instalação elétrica em dia — davam a entender que alguma melhoria estivesse acontecendo ali. Pelo contrário, a sensação era de abandono total. Harrison Rey andou pelos quartos. Andou pelos salões, o grande hall de entrada e as salas onde ficava o cassino e que agora só deixavam entrever a sua antiga função por causa das marcas de mesas e de máquinas no chão. Andou até o momento em que a luz do sol desapareceu lá fora e o interior foi tomado pela escuridão. Então, voltou ao quarto de antes, onde se sentou no chão, exatamente no mesmo lugar. Ele estava seguro de que, quando eles chegassem, seus passos soariam como tiros de canhão naquele silêncio.

Por fim, ele acabou dormindo. Fora do hotel, o silêncio era interrompido apenas pelo cair da chuva leve. Dentro, só dava para ouvir o estalar das madeiras de vez em quando. Embalado pela quietude, Rey bateu a cabeça algumas vezes no piso antes de dar-se por vencido e capotar. Sonhou com ratos correndo pelas madeiras podres, e ele os perseguia com uma vassoura. Mas essa era uma vassoura perfeita, o ideal de vassoura. Suas fibras amarelas impecáveis eram atadas por um laço vermelho de seda. Tão perfeita era que, de repente, ela se transformou em uma dessas vassouras de desenho animado — com um ar de Disney — e completamente inútil para a sua tarefa de esmagar os ratos. Harrison Rey tentava acertá-los nas vigas do teto, mas a vassoura era como um balão de festa, e seus golpes não atingiam os animais, que, mesmo assim, tentavam ao máximo esquivar-se dela, e produziam chiados agudos de terror.

De repente, acordou. Confuso, sem saber por quanto tempo dormiu, com baba seca no canto da boca e a sensação de ter sido cercado por ratos raivosos. Já ia procurar pela maldita vassoura quando escutou as vozes.

Exatamente como imaginou, dava para ouvi-los com perfeição. Não tanto a ponto de entender o que diziam, mas o suficiente para reconhecê-los. Ali estava o tom lamurioso de Fermín e a irritação seca como tosse de cachorro de Maldonado. E sim, as pausas e os silêncios dos dois delatavam a presença de Soria, tão intimidante como sempre.

Com muito cuidado, Harrison Rey se levantou. Verificou a sua pistola automática: carregada, preparada e pronta. Foi até a porta do quarto, que estava apenas encostada, a abriu e seguiu pelo corredor. Cada ranger de suas pisadas fazia-o parar, convencido de que o tinham escutado lá embaixo. Por isso, demorou um bom tempo até chegar à escada, e ainda mais tempo para descê-la. Mas os três recém-chegados estavam muito concentrados no que parecia ser a principal atividade deles: discutir.

— Mas, cara — choramingou Fermín —, alguma ideia ele tem que ter.

— Lá nós outra vez — bufou Maldonado. — Então por que tu não vai lá e pergunta?

— Cara...

Rey agachou-se e observou com muito cuidado. Eles tinham acendido uma das lâmpadas, imaginando que o reflexo não chegaria à rua. Maldonado estava sentado nos últimos degraus da mesma escada que Rey descia, mas costas para este. Dava para perceber que Maldonado estava incomodado, cansado e de saco cheio. Mais que tudo, velho. Fermín caminhava nervoso diante dele, dando passos largos.

— E esse lugar que eles combinaram? O espaço oco embaixo da janela? — insistia o mais jovem.

— A gente já sabe que não tá lá. Mesmo assim, ele verificou. E não tá lá.

— Ele olhou direito?

Maldonado nem respondeu. Em vez disso, soltou um longo e sonoro suspiro.

Sem pensar muito, Rey começou a apontar a sua pistola. Tinha uma mira boa dos dois. Era uma equação lógica e simples: primeiro atirava em Fermín, que estava de frente, e depois em Maldonado, que não teria tempo nem de virar a cabeça. Só quando percebeu a pistola levantada no ar se conteve. Ainda não. Por dois motivos: precisava pegar os três juntos — era imprescindível, já que ter Soria solto por aí e alerta seria uma imprudência enorme — e eles tinham que encontrar o dinheiro primeiro. Se existia alguma pista, algum palpite de onde poderia estar o dinheiro, apenas Soria saberia. Então, paciência.

Ele devia continuar esperando.

De repente, Soria apareceu, saindo de uma porta à esquerda de onde os outros dois conversavam. Estava com as mãos vazias, mas isso não deteve Fermín.

— E aí? — O jovem tatuado foi em direção a ele, movendo os braços, ansioso.

Soria ignorou-o completamente. Deu três passos em direção a uma porta, parou, deu mais alguns passos para trás e parou de novo. De punhos cerrados, parecia até que começaria a dar socos nas paredes. Ao menos uma vez, Fermín teve a prudência de ficar quieto. Para Rey, parecia que Maldonado estava rindo baixinho. Era estranho. O bigodudo estava festejando o evidente fracasso? Fosse isso ou não, os outros dois não perceberam nada, e Maldonado voltou a ficar imóvel depois de um tempo. Quase tanto quanto Rey, que temia ser visto pelo sempre atento Soria. Mas Soria estava com a cabeça em outra coisa.

— Não apodrece — disse de repente, mastigando as palavras. — "Não te preocupa, não vai apodrecer."

— Quê? — Maldonado e Fermín perguntaram ao mesmo tempo.

Mas Soria ficou em silêncio novamente e voltou a andar pelo saguão.

— O que não apodrece? — insistiu Fermín, mas ele não deu bola.

Soria parou; parecia que ia dizer mais alguma coisa, mas ficou calado. Balançou-se sem sair do lugar.

— Ele disse que não apodrece? — Fermín, agora, perguntava para Maldonado, mas o outro apenas deu de ombros. — O que é que não apodrece?

A situação era ridícula: o careca se balançando, o bigodudo pouco se importando e Fermín todo histérico. Harrison Rey estava a ponto de cair na gargalhada.

— Aaaaaah! — Soria gritou de repente.

— Filho da puta! — rebateu Fermín, assustado. Maldonado levantou-se rápido, e Rey quase deu um pulo.

Soria estava sorrindo. De orelha a orelha. O sorriso iluminava o seu rosto, estendendo-se por toda a face. O sorriso o deixava mais jovem.

— Que filha da mãe... — disse baixinho, com carinho. — Que filha da mãe inteligente.

E então deu meia-volta e se foi a passos largos por uma das saídas ao fundo.

— Quê? Aonde ele vai? — Fermín não entendeu

nada.

Maldonado também não, mas saiu a trote atrás de Soria sem dizer nada. Fermín ficou sozinho por um momento, desnorteado.

— Filhos da puta... — disse em voz baixa e correu atrás deles.

Harrison Rey deixou passar alguns segundos, totalmente imóvel. Então, desceu os últimos degraus da escada, sempre devagar, pisando com cuidado nas partes que faziam menos barulho, até chegar ao saguão. Com calma, espiou para onde os outros três tinham ido. Se ele não estava enganado e se lembrava bem do passeio que havia dado antes de cair no sono, aquele era o corredor que levava às cozinhas.

Mais por hábito do que por dúvida, verificou a sua pistola novamente. Se ele viu bem, os outros três estavam desarmados. Melhor; quanto menos problemas, melhor.

Seguiu, furtivo, pelo mesmo corredor.

O problema

Omar não fez nenhum movimento. Sequer levantou os braços. Ficou parado, petrificado, com as duas automáticas em frente ao seu rosto, apontadas para abaixo do queixo. O careca, o homem do rosto ligeiramente familiar, cobria toda a sua visão e não tirava os olhos dele.

Devagar, os olhos de Omar desviaram do rosto de Soria para se concentrar nos buracos dos canos das armas. Engoliu saliva, devagar e sem barulho, como se qualquer movimento fosse fazer com que as pistolas disparassem.

— Coloca a máscara — o careca disse.

Omar não entendeu. A que máscara ele se referia? De canto de olho, viu que o velho ruivo se mexia e só entendeu quando o viu colocar com dificuldade a meia na cabeça. Demorou até que o ruivo ficasse satisfeito com a meia. Ele a esticava e a arrumava com as mãos trêmulas.

— Pega a tua arma e aponta pra ele. — O careca não tinha deixado de encará-lo, então cada ordem que ele dava desencadeava em Omar o impulso de obedecê-lo imediatamente. Claro que, segundos depois, Omar percebia que as ordens não eram para ele. Ainda assim, sentia a tensão de seus músculos e sentidos, prontos para fazer qualquer coisa que o outro dissesse, num instinto primitivo de sobrevivência.

Sempre em segundo plano, Echeveste fez o que Soria mandava. Pegou a .32 e apontou para Omar que, entretanto, não olhou para ele. Só então o careca abaixou as armas. Os invasores relaxaram, como se não estivessem apontando uma arma para alguém. Soria colocou a meia na cabeça. E voltou a apontar a arma para Omar, que ficou parado, tenso novamente, e molhado de suor.

— Entra logo, devagar e sem um pio... — Soria começou a explicar.

— Omar? O que houve? — perguntou uma voz no interior da sala com a porta ainda entreaberta.

Soria reagiu como se uma bombinha tivesse explodido atrás dele. Bruscamente, avançou para a frente, empurrando o peito de Omar com a coronha de uma das pistolas. Colocou seu refém para dentro da sala menor. Omar cambaleou, voltou três passos e a parte de trás do seu quadril chocou-se contra a borda de uma das mesas cheias de dinheiro. Ali havia dois contadores e um supervisor, que saltaram ao mesmo tempo, como se tivessem ensaiado este movimento. Soria entrou atrás de Omar e apontou a arma para todos, girando as automáticas num semicírculo. Omar deslizou até o chão, e os outros três voltaram a se sentar, pálidos. Echeveste entrou discretamente, e o seu cérebro pareceu despertar pela primeira vez: fechou a porta e agachou-se para tirar do coldre a arma de Omar. Tudo com a maior sutileza. Nenhum dos outros notou seu movimento — nem mesmo Omar, apesar de Echeveste ter desabotoado o porta-pistola —, pois estavam todos concentrados em Soria e na ameaça das pistolas reluzentes.

Soria e Echeveste olharam para a enorme pilha de dinheiro em cima da mesa, onde ainda estavam as mãos dos contadores. Era um montante imponente. Ambos engoliram saliva.

— São verdes... — Soria percebeu de repente. — Mas que merda é essa? São dólares?

— Sim... — um dos contadores respondeu, solícito. — Vocês estão na sala dos dólares. A dos pesos é no primeiro andar.

— Calado — ordenou o supervisor.

— Dólar também serve — disse Echeveste, com um toque de ansiedade na voz. — É até melhor.

— Tu — Soria dirigiu-se ao contador que havia respondido. — Coloca todo o dinheiro em sacolas. Agora.

— Vocês estão cometendo um erro... — o supervisor começou a falar. Era um homem acima do peso, a cara branca e sebosa. Calou-se rapidamente quando uma das automáticas quase encostou no seu nariz. Seu lábio superior ficou coberto de suor.

— Eu não gosto de repetir ordens — resmungou Soria.

O contador começou a se mexer, e o outro, por vontade própria, imitou-o segundos depois. Duas sacolas grandes de plástico cinza com o logo do Hotel Cassino ficaram cheias de dólares. O supervisor calara-se, depois de seus comentários, e agora não parava de suar; seus olhos estavam fixos no cano da arma que ainda estava apontada para ele. Omar, por sua vez, ainda estava no chão, e parecia tão pensativo quanto assustado. Também parecia agradecido por ninguém se lembrar dele.

— Todo o dinheiro — disse Soria, apontando com a pistola que não estava apontada para o supervisor para uma pilha que estava atrás dos contadores.

— Isso é troquinho — explicou o contador solícito.

— Tudo — insistiu o ladrão armado, e os contadores foram buscar outra sacola.

A operação não levou mais que três minutos, mas Echeveste estava começando a ficar nervoso. Quanto tempo ainda demoraria para que algum funcionário aparecesse na sala de descanso ou mesmo no escritório? Sem dizer nada, cutucou discretamente o cotovelo de Soria, que não virou a cabeça, mas assentiu. Indicou com uma das armas para que ele pegasse as sacolas e depois apontou para a porta. O peso das três sacolas deixou Colorado mais tranquilo. Não conseguia acreditar, mas tudo estava dando certo.

Soria olhou para o supervisor, que continuava a suar como um porco com os olhos concentrados na pistola.

— Tu, valentão... — largou ele.

— Putz, me mijei — respondeu o supervisor.

Os dois contadores deram uma risada nervosa, mas não isenta de deboche. Isso fez com que o supervisor finalmente tirasse os olhos da arma para lançar a eles um olhar furioso.

— Tu — repetiu Soria. — Arranca o cabo do telefone. Agora.

O supervisor olhou para o aparelho que estava em um canto. Olhou-o como se fosse a primeira vez que o visse, como se desconhecesse completamente o seu uso ou função, com um olhar desconcertado. Reagiu e, com um movimento vacilante, arrancou os cabos da parede. Ficou com os cabos na mão por um momento, sem saber o que fazer com eles. De repente, soltou-os no chão. Com asco. Não dos cabos, mas de si mesmo, de seu medo e sua estupidez.

— Agora nós vamos embora — falou Soria didaticamente — e vocês, quietinhos. Contem devagar até mil e só então saiam. Não saiam antes de contar até mil. Se saírem antes, bum, enchemos vocês de bala. Ficou claro?

— Sim — respondeu o contador solícito, mas foi o único que falou.

Omar estava pensativo no chão. Ninguém olhava para ele. Porém, se o fizessem, perceberiam como estava cada vez mais concentrado em algo que o fazia franzir a testa. E este algo era: de onde conhecia o careca? Porque ele conhecia, isso estava claro. Omar se concentrou tanto nessa ideia que, de repente, esqueceu-se de onde estava: jogado no chão, no meio de um assalto. Esqueceu-se que, diante dele, havia dois homens armados e sem vontade nenhuma de ficar conversando sobre nada. Que esses homens estavam assaltando o Hotel Cassino. Que esses homens iriam matá-lo segundos depois de abrir a boca, o que de fato aconteceu.

— É isso! — gritou, de repente, e imediatamente as três armas apontaram para ele, mas ele nem percebeu, de tão empolgado que estava. — Tu é o careca, o que eu vi no calçadão com ela! Tu é o namorado da Julie...!

Soria disparou duas vezes, uma vez com cada pistola, de supetão, ao mesmo tempo e sem apontar, mas as duas balas acertaram o alvo. A primeira cortou o pescoço de Omar, de raspão, deixando um talho por toda a lateral, que explodiu em sangue. Omar teria colocado as duas mãos na garganta para tentar conter o sangue se a segunda bala não tivesse entrado bem no meio da testa e detonado o seu cérebro. Seu corpo se sacudiu um pouco contra a mesa dos contadores, caindo quase delicadamente. Estava morto.

Os demais ficaram olhando para Soria, imóveis. Os dois disparos ressoavam no silêncio. Soria fechou os olhos por baixo da meia. Filho da puta. Era ele que ia estragar tudo, era ele e ninguém mais. O buraco de bala na testa de Omar fez com que Soria se lembrasse de outro buraco no mesmo lugar. Sem sequer olhar para ele, conseguiu imaginar o sorriso debochado de seu pai.

— O que tu fez? — A voz fininha de Echeveste tirou-o do devaneio. O Colorado tinha conseguido manter a postura e ainda apontava a arma para o supervisor e para os contadores, embora não mostrassem qualquer intenção de se mexer.

— Vamos — ordenou Soria. — Anda, para fora!

— O que tu fez? — repetiu o Colorado, que de repente ficou com os olhos cheios de lágrimas. — Tudo tava dando certo. Por quê?

— Para fora, vamos. — Soria empurrou-o suavemente, e Echeveste deixou-se levar. Saiu como um boneco movido à corda, mas como um ao qual mal lhe resta impulso. Então, o careca voltou a apontar para os outros. Nenhum deles se mexeu, mas o solícito ainda estava com as mãos levantadas. — Nada mudou. Contem até mil ou vocês vão acabar como esse aí.

E saiu fechando a porta.

— Por que tu matou ele? — Soria não tinha certeza, mas parecia que Echeveste chorava por debaixo da meia. — Tava tudo indo bem... O que ele ia dizer? Ele ia dizer alguma coisa e aí tu matou o cara.

Soria nem prestou atenção. Estava tentando escutar o outro lado do corredor, escutar o que estava acontecendo na sala dos caça-níqueis. Não dava para ouvir nada. E tanto silêncio não podia ser coisa boa.

— Escuta. — Soria apoiou a culatra de uma de suas automáticas no ombro direito de Echeveste. — Quais são os painéis? Vamos. Te concentra. Coloca o dinheiro nos painéis.

— Tu matou ele... Ele disse Julieta? Tu conhece a Julieta? — Echeveste balbuciava. — Os painéis? Como tu sabe dos painéis?

— Colorado... — A automática que não estava apoiada no ombro do ruivo começou a balançar diante do seu rosto. — Eu preciso que tu coloque o dinheiro nos painéis. Não podemos perder mais tempo. Guardamos o dinheiro e vamos embora, anda.

Fosse pela ameaça implícita da arma diante do seu rosto ou por algum reflexo perdido no seu cérebro, Echeveste voltou a se mexer. Virou rápido e, exatamente embaixo da janela, tocou nos painéis de madeira. Com a culatra do revólver, bateu devagar até encontrar o que ele procurava. Deixou a .32 no chão e, com ambas as mãos, desencaixou o painel. Uma pequena nuvem de pó formou-se no ar e rodeou a sua cabeça. Sem se virar, o Colorado procurou as sacolas que tinha deixado no chão atrás dele, e Soria as alcançou. O careca continuava escutando. Era um silêncio total à sua volta. Não podia ser bom. Tanto silêncio não era nada bom.

Com o dinheiro guardado, e os painéis encaixados novamente, Soria tirou a máscara. Depois de esperar inutilmente por um momento, ele mesmo teve que tirar a de Echeveste. Tentou encontrar os seus olhos, mas foi impossível.

— Escuta, Colorado… me escuta. — Não surtia efeito; seus olhos continuavam desfocados, e Echeveste ainda lacrimejava um pouco, mas Soria não podia perder mais tempo. — Guardamos as armas agora e saímos caminhando devagar, sem pressa. Vamos direto até a porta e depois até o carro, onde o Maldonado está, beleza? É bem simples, Colorado, vai tranquilo. É como tu disse, vamos tranquilos e pronto.

Echeveste não respondeu nada, sequer assentiu com a cabeça, mas ao menos ficou de pé. Soria imitou-o, guardou as automáticas na cintura e o conduziu delicadamente pelo corredor. Inspirou fundo antes de abrir a porta e olhou para o Colorado uma última vez.

— Vamos agora… acalma os ânimos.

Na sala das caça-níqueis, tudo estava normal. Meia dúzia de pessoas jogava nas maquininhas sem levantar a cabeça, e tinha gente perambulando entre os corredores ou caminhando em direção às roletas. Dava para ouvir a música das máquinas e o murmúrio das pessoas nas mesas de roleta. Soria soltou o ar que tinha segurado sem perceber e, levando Echeveste pelo braço, caminhou três passos. De repente, estancou. O homem do casaco, aquele que jogava sem ver se estava ganhando ou não, já não estava no lugar de antes. Mais que isso, não estava em lugar nenhum. Soria não gostou de não vê-lo por ali, apesar de também não querer se encontrar com ele.

— Vamos logo, rapidinho, mas sem correr — disse para o Colorado, que se deixava levar.

Atravessaram a sala dos caça-níqueis a passos rápidos, sem cruzar com ninguém. Soria assentia enquanto caminhava, cada vez mais convencido de que ninguém havia escutado os disparos. Só tinha que falar com Echeveste lá fora e explicar como conhecia Julieta. Como ele sabia dos painéis. Ou talvez não. Talvez fosse uma questão de adiantar os planos e se livrar dele e de Maldonado na hora de trocar de carro. Esse não era o plano, mas que se dane; não faria diferença deixar mais um corpo ou outro pelo caminho. O importante era sair do cassino com calma.

E então o grito. O grito de uma mulher acabava com a calma e impunha-se ante a estridência das máquinas. E a mulher gritava porque o supervisor dos contadores aparecera à porta de "Somente pessoal autorizado" com a camisa banhada pelo sangue de Omar. O supervisor também gritou ou, ao menos, tentou gritar. Ele estava sem voz, mas apontava, apontava como um louco, com o dedo indicador e os olhos arregalados, apontava para Soria e Echeveste, que já estavam chegando à porta de entrada. E então o grito da mulher adquiria forma e conteúdo, transformava-se em palavras, palavras que diziam "uma arma, ele tem uma arma". Só então Soria percebeu que Echeveste, que continua avançando aos empurrões, como um bêbado, ainda estava com o revólver na mão. Ele não o havia guardado em nenhum momento. E esse primeiro grito se transformou em vários gritos, porque, além da mulher, que não dava para ver onde estava, apenas escutá-la, e do supervisor, que agora recuperava sua voz e gritava também, o homem do casaco também começava a gritar. Ele realmente tinha uma pistola por baixo da roupa, e agora vinha da sala de roletas vociferando sabe-se lá o quê. E o último empurrão que Soria daria em Echeveste era para que ele corresse, porque eles já estavam do lado de fora e, lá embaixo, no final da escadaria, dessa maldita escadaria longa pra cacete, estaria Maldonado, olhando pela janela de seu Ford dourado. E o Ford estaria ligado, e era só chegar lá embaixo. Mas a merda é que eram muitos, muitos degraus. Soria correu, desceu de dois em dois, quase tropeçou, mas continuou, pulou e continuou. E, a seu lado, Echeveste começou a gritar, mas Soria não conseguia entender o quê. Ele gritava enquanto corria, enquanto pulava, enquanto se virava. Então, sem querer, sem nem pensar, a sua mão com a .32 apontou em direção à entrada do cassino, em direção ao homem do casaco, ao homem com a pistola, que agora estava apontada lá para baixo. E o disparo do homem do casaco despertou mais gritos. Mais vozes se elevaram na noite. O estalo relampejou entre as luzes de neon refletidas nas poças d'água que se recusavam a secar. E os gritos ensurdeciam Soria, retumbavam em seus ouvidos, assim como retumbava o eco do disparo, e esse ruído que o deixava surpreso por ser inesperado, como o som de um melão partindo-se no chão. E o corpo do

Colorado girou no meio da sua corrida e chocou-se contra ele, caiu por cima dele, jogou-o no chão, fez com que ele batesse contra os degraus da escada comprida demais, esmagou-o, fez com que uma de suas pernas quebrasse com um estalar seco e o seu grito se juntasse aos milhares de gritos que preenchiam a noite. E ele ficou ali, deitado debaixo do corpo do Colorado — cuja cabeça está partida ao meio com uma perfeição quase cirúrgica por conta do disparo —, esmagado e sem poder se mexer, com uma perna quebrada, atordoado por causa da dor e ensurdecido pelos gritos, a boca cheia de bílis e de sangue, porque mordeu o lábio na queda. E escutou quando o homem do casaco e outros, muitos outros, desceram aquela escadaria de merda, feita por algum arquiteto filho da puta que se achou genial por imaginá-la tão comprida. Os homens chegaram até ele e o sacodiram, o levantaram e o algemaram. Soria viu o sorriso de seu pai, sentado apenas a dois metros dali, no mesmo degrau em que ele quebrou a perna, com o sorriso asqueroso e o olhar debochado dividido ao meio pelo fio de sangue que caia, sempre e sem parar, do buraco de bala que ele mesmo colocou naquela testa para acabar com a zombaria de uma vez por todas, mas que só conseguiu tornar essa zombaria interminável, eterna. E só lhe restava gritar que são todos uns filhos da puta: Omar, os contadores, o supervisor, a mulher dos caça-níqueis, o homem do casaco e o puto de merda do Colorado, que decidira morrer bem em cima dele. E, é claro, o pior, o maior filho da puta de todos: seu pai.

Maldonado olhou-o por um momento. Viu como mais e mais homens se aproximaram de Soria, o imobilizaram no chão, o desarmaram e tiraram o cadáver de Echeveste de cima dele, jogando-o para o lado sem nenhuma consideração. Soria gritava e insultava, enlouquecido e com o olhar perdido. Os curiosos já formavam um semicírculo ao redor do incidente. Não havia nada que pudesse fazer. Maldonado soltou o freio de mão, deixou o carro andar, engatou a primeira e, devagar e sem chamar a atenção, se juntou ao tráfego noturno da avenida à beira-mar. Dirigiu nessa mesma velocidade até deixar Atlántida para trás.

10

O corredor era longo e escuro. De fato — Harrison Rey lembrava-se bem —, o corredor levava às cozinhas, uma peça imensa, feito para que não menos de uma dezena de cozinheiros e assistentes atendessem às exigências de um lugar tão grande como era o Hotel Cassino. A partir do corredor, quase chegando ao final, Rey já conseguia escutar os outros discutindo novamente. Mas agora a diferença estava no tom emocionado das suas vozes e — por que não? — até feliz. A cozinha estava iluminada, e se podia ouvir que Soria, Maldonado e Fermín moviam coisas, arrastavam caixas e faziam sabe-se lá o que mais.

— Tá aqui? Tá aqui? — O tom ansioso de Fermín não escondia a evidente alegria.

— Ele já disse que sim, seu chato — e a felicidade de Maldonado era paternal, do velho que dava tapinhas carinhosos na cabeça de uma criança, parabenizando pela brincadeira.

— Temos que quebrar o gelo… — foi o enigmático comentário de Soria, que fez com que Harrison Rey arqueasse as sobrancelhas.

Não resistiu à curiosidade e aproximou um pouco a cabeça, o suficiente para que o olho esquerdo visse o que estava acontecendo ali. Fermín chamava a atenção de imediato, pois se mexia alucinadamente. Ia de um lado para o outro, sem fazer nada, com as mãos vazias, mas fechando-as em punho de vez em quando. Ele sorria, mesmo que fosse possível notar a incredulidade estampada em seu rosto. Olhava incessantemente para uma porta metálica aberta — a câmara frigorífica —, que estava completamente escura. "Não apodrece", pensou Rey, e entendeu. Todo esse tempo, o dinheiro estava na câmara frigorífica. Que simpático.

Sentado sobre uma das mesas de metal da cozinha, Maldonado parecia muito cansado. Não que lhe faltasse felicidade no rosto — na verdade, estava sorrindo —, mas havia desilusão em seu olhar. Parecia muito velho, e com certeza se sentia mais velho ainda. Era o olhar de quem conseguia alguma coisa quando já não importava tanto. Quase parecia dizer "Isso vinha a calhar 30 anos atrás. Agora..." e dava para perceber. Olhava para o chão e sorria enquanto negava devagar com a cabeça. Os ombros afundados e o corpo esmagado pelo próprio peso. Um homem derrotado. Rico e derrotado ao mesmo tempo.

Soria não estava à vista.

Harrison Rey ficou em alerta. Havia chegado o momento: o dinheiro tinha sido encontrado e os três alvos estavam juntos. Mas Soria estava fora do seu campo de visão, e os ruídos que evidenciavam a sua presença — o mexer de caixas, o quebrar de uma madeira — não delatavam de onde vinham. Fermín olhava insistentemente para a câmara, o que levou Rey a deduzir que Soria estava lá dentro, mas não estava totalmente convencido. Algo lhe dizia que Soria poderia não estar lá. Como se soubesse que estava prestes a ser emboscado, Soria se negava a ser um alvo fácil. Havia algo de sobrenatural e de instintivo na forma como Soria se esquivava.

Era isso ou Rey o estava superestimando.

E, então, Maldonado o viu.

Harrison Rey e o velho motorista cruzaram um olhar desconfortável. Desconfortável para Rey porque usava apenas um olho enquanto sentia a adrenalina de ser descoberto. Desconfortável para Maldonado porque por um instante não entendeu o que estava vendo e que aquilo que aparecia ali era apenas um pedaço de cabeça. Quando a adrenalina chegou ao cérebro de Harrison Rey, colocou-o em ação. Isso se refletiu no único olho que Maldonado conseguia ver e, então, ele entendeu que o que estava vendo era a cabeça de alguém, de um intruso. Maldonado abriu a boca para gritar. Mas seu instinto de sobrevivência imediatamente indicou que, se ele perdesse tempo avisando os outros, não poderia proteger a si mesmo. Por isso, o seu grito morreu na garganta antes mesmo de nascer; sua boca abriu-se apenas para ficar assim, na metade de uma expressão idiota. Fermín olhou desconcertado para Maldonado, um segundo só, porque o velho se deixava cair de costas, da mesa de metal para o chão. E, porque olhou em sua direção, Fermín não viu Harrison Rey sair do corredor com a automática na mão. Rey disparou nele duas vezes pelas costas. O primeiro disparo quebrou-lhe a coluna vertebral e o segundo atravessou a omoplata esquerda, partindo o seu coração em dois e, depois, seguiu com força o suficiente para acertar a porta aberta da câmara frigorífica e destroçar a fechadura. Fermín morreu sem fazer um só ruído, caindo imediatamente, com a expressão de total perplexidade estampada na cara para sempre.

O giro e a queda de Maldonado teriam sido doídos se ele tivesse quarenta anos a menos. Na sua idade, foi como pular de um trem em movimento. Seu ombro direito bateu no chão ao mesmo tempo que parte de sua cabeça. O braço esquerdo ficou estirado de forma estranha debaixo do corpo. O som dos dois tiros na cozinha fez com que a sua consciência gritasse desesperada: ele deveria sair dali para não morrer. Ele não queria morrer longe de sua casa e sua família por causa de um regresso estúpido à vida que tinha deixado para trás trinta anos antes. Por causa de um dinheiro que não lhe importava, por um dinheiro sem o qual tinha vivido todo esse tempo e sem o qual poderia viver para sempre. Sempre era muito pouco tempo naquele momento. Mas, se ele não quisesse morrer, teria que se mexer, e isso ele não conseguia. Seu corpo era velho, lento. Não obedecia às ordens do cérebro, que mais que ordens eram gritos desesperados de ajuda.

Quando estava quase conseguindo se virar, descobriu que Rey já estava ali. Por cima da mesa, Rey disparou também duas vezes em Maldonado, falhando da primeira vez por causa de um estranho movimento que permitiu ao motorista esquivar-se da bala na cabeça, mas acertando o segundo tiro no meio do peito largo. Maldonado balbuciou alguma coisa entredentes, com a boca cheia de sangue. Tentou levantar as mãos contra o seu atacante, que apontava a arma para dar-lhe um tiro de misericórdia, mas seu braço esquerdo continuava embaixo do corpo, o que fez com que só sua mão direita levantasse de modo desajeitado numa inútil tentativa de se proteger. A dor no peito era tanta, tão absurda, que não conseguia pensar, não conseguia fazer outra coisa senão morrer mexendo uma das mãos na frente do seu rosto como um idiota.

Mas Harrison Rey não disparou. Os pelos da sua nuca se arrepiaram de uma vez só, avisando-o de que alguma coisa acontecia fora do alcance de sua visão e estava vindo em sua direção. Portanto, virou-se, e cobriu toda a cozinha com a pistola. Os quatro tiros disparados ainda ressoavam no silêncio do hotel. Era improvável, mas alguém poderia ter escutado lá de fora. Tinha que acabar logo com isso e sair dali o quanto antes. O coração bombeava sangue em abundância e sentia que estava tão alerta quanto podia estar. Mas sentia, sabia em seu íntimo, que algo estava errado.

Soria estava em algum lugar.

Com passos cautelosos, Rey se aproximou da porta da câmara frigorífica. Estava completamente escuro lá dentro mas, graças à porta entreaberta, podia adivinhar formas, pacotes, coisas. O ar gelado o atingiu na cara como um soco. A câmara estava funcionando cem por cento. Ali, atrás de algumas caixas, havia uma silhueta. Rey ficou parado no limite da entrada da câmara enquanto seus olhos se acostumavam à escuridão.

E, então, percebeu que estava errado. A silhueta era uma caixa. Soria não estava dentro da câmara.

Começou a se virar com o pressentimento de que era tarde demais, e não errou. Desmentindo sua idade e tamanho, Soria cruzou a cozinha correndo a toda velocidade. Tinha um pedaço de madeira na mão, uma tábua comprida com um prego quase caricaturesco em uma das pontas. Harrison Rey achou-o menos caricaturesco quando ele se cravou no seu antebraço direito. Deu um grito de dor e sentiu que a pistola escapava entre seus dedos, que não mais lhe respondiam.

Soria fez tudo em um só movimento: cravou a tábua num braço enquanto o atingia com um ombro e parte do peito. Os dois ficaram sem ar ao mesmo tempo. O golpe lançou os dois de cabeça para dentro da câmara, onde caíram sobre as caixas que, por estarem geladas, resistiram ao golpe e os obrigaram a rolar por cima delas, fazendo um arco desajeitado até caírem no chão coberto de gelo.

Maldonado conseguiu levantar a cabeça levemente. Estava morrendo. Estava morrendo e sabia disso. Rastejou pelo chão da cozinha, deixando um rastro de sangue que se misturava com a areia e o pó deixado pela obra inacabada. Também se misturou com o sangue de Fermín, que encontrou deitado mais à frente, com os olhos abertos e o olhar perdido em algum ponto do teto. Maldonado grunhiu de dor e conseguiu seguir adiante. Ouvia os golpes e gemidos dos homens que brigavam na penumbra de dentro da câmara. Enquanto se arrastava, se deparou com a pistola automática. Estava no chão, a meio metro da entrada da câmara. Hesitou, mas estava morrendo e, já que estava morrendo, sabia que não conseguiria segurar a arma e disparar para dentro da câmara. Além disso, nunca foi bom de mira. Assim, num último esforço, conseguiu chegar até a porta. Viu que a fechadura estava quebrada. Entendeu. Pensou pela última vez em como ele estava morrendo assim, quando poderia muito bem ter morrido de velhice. De qualquer coisa que não fosse uma bala bem dada no peito.

— Filhos... da... puta... — conseguiu murmurar.

E fechou a porta da câmara com suas últimas forças. Com a porta fechada, a luta lá de dentro foi silenciada.

Maldonado virou-se de barriga para cima e morreu.

O advogado

O suor escorria pelo peito nu de Soria. Os nós dos dedos esbranquiçavam-se empunhando a barra de metal, e a testa franzia a cada inspiração. Os pesos elevavam-se ritmicamente, e o careca bufava ao fazê-los subir e descer. Estava sozinho em uma das extremidades do pavilhão. Os outros tinham aprendido a não mexer com ele após uns primeiros anos muito tensos, em que os demais prisioneiros e os guardas se revezavam para espancá-lo em diferentes cantos da prisão com a intenção de que revelasse onde estava o dinheiro do assalto. Soria aguentara sem abrir a boca, em parte por cogitar que Julieta pudesse ter trocado o dinheiro de lugar e em parte por ser durão mesmo. Aguentou as perguntas, as torturas e as surras. Esta era outra coisa importante que aprendera com seu pai: acostumar-se às surras. A situação perdurou até que os demais presos passaram a respeitá-lo e os guardas ficaram entediados.

Depois de tantos anos, Soria de vez em quando ainda pensava em Julieta e no dinheiro. Era em momentos como aquele, quando contava as repetições dos exercícios e a mente ficava em branco, que a cabeça vagava e, sem querer, voltava para ela. Ele entendia o silêncio dela. É claro que ligar para ele a colocaria em risco, e vir visitá-lo ainda mais. Mas, enquanto teve um advogado, esperou que por meio dele lhe chegasse alguma mensagem, e isso não aconteceu. Tudo bem, talvez isso fosse melhor. Não dava para confiar em qualquer advogado; o segredo era jamais deixar transparecer a relação entre eles. Já tinha sido uma grande sorte o fato de que nem o supervisor nem os contadores houvessem entendido as últimas palavras de Omar, ou pelo menos não as tivessem associado a ninguém. Soria sabia de que o dinheiro nunca havia sido encontrado. Sua certeza vinha das inúmeras surras que levou, e da pergunta que havia se tornado um mantra: "Onde tá a grana? Onde é que tu deixou, filho da puta?".

Mas, depois de dez anos, as coisas mudaram. Numa manhã, naquele mesmo pavilhão de exercícios, percebeu que Julieta não o estava esperando lá fora, que o dinheiro já devia ter desaparecido e que ele estava suportando tudo aquilo há tantos anos por absolutamente nada. E então nasceu uma fúria silenciosa no centro de seu peito, que o afogava à noite e não o deixava dormir, o fazia apertar os dentes e dar socos na parede. Até começou a sentir falta das surras que lhe davam e se meteu em uma ou duas brigas que deixaram algumas cabeças quebradas. Mas o tempo continuou passando, e Soria, que já não falava com ninguém e com quem ninguém mais falava, percebeu a fúria desaparecendo pela mesma brecha pela qual havia escorrido a esperança.

Mais repetições e mais peso. Os tendões do peito e dos braços esforçados até o limite. As solas dos pés bem apoiadas no chão. As costas retas sobre a tábua. Os dentes cerrados a cada levantamento. Os braços flexionados. O suor que faz os olhos piscarem. Mais e mais peso.

Um dia, Soria entendeu que seria solto em poucos anos. Não tinha parado para pensar no que faria quando saísse. Não falar com ninguém tinha as suas consequências; umas delas era não pensar em nada além do imediato.

Tampouco esse futuro próximo o preocupava. Mente em branco e contar repetições: era isso que ele tinha, e isso bastava. Descobriria o que o aguardava do lado de fora quando chegasse lá.

— Soria.

A voz vinha do outro lado do pavilhão de exercícios. Soria levantou um pouco a cabeça. Os outros presos que ali se exercitavam ficaram tão surpresos quanto ele por alguém chamá-lo. Era um guarda, um jovem que começara há mais ou menos um ano. Se alguma vez ele escutara o seu nome, não seria capaz de lembrar.

— Tu tem visita.

— Não é horário de visitas — Soria respondeu, ainda com a barra na mão.

— É o teu advogado.

— Eu não tenho advogado.

— Agora tem. Vai vir ou não? — O jovem guarda estava ficando impaciente.

Soria largou os pesos no chão, com cuidado, e pôs-se de pé lentamente. O guarda piscou nervoso, e sua mão direita foi em direção ao cassetete. Só que, de repente, o preso não lhe pareceu tão velho ou acabado como alguns segundos antes. O careca secou o suor do corpo com uma toalha quase transparente. Só então colocou uma camiseta branca impecável.

— Tá, vamos — disse.

Seguiu o guarda pelo corredor. Conseguia sentir o cheiro da sua própria transpiração, e o odor forte e acre o confortava. Saíram do setor das celas e passaram por um corredor com alguns escritórios. Soria ficou surpreso; não conhecia ainda aquela parte da prisão. Por fim, pararam frente a uma porta em que se lia “Departamento de Comunicação” e entraram. Era um escritório amplo e evidentemente vazio. Caixas e mais caixas amontoadas nos cantos e sobre escrivaninhas. Voava pó pelo ar. Havia apenas uma mesa no centro da sala, e duas cadeiras. Em uma delas, estava sentado um homem que aparentava uns trinta anos, um pouco gordo, com óculos e começo de calvície. Ficou de pé com a entrada do careca.

— Soria. — Indicou a outra cadeira com um gesto. — Eu me chamo Bentancor, advogado. É um verdadeiro prazer conhecê-lo.

— Meu advogado?

— Não exatamente.

Os três entreolhavam-se, em expectativa. O "não exatamente" do advogado havia feito o jovem guarda hesitar.

— Obrigado. — Bentancor sorriu para ele. — Isso é tudo por agora. Eu aviso quando tivermos acabado. O guarda hesitou por um momento e, então, finalmente saiu e fechou a porta. — Isso é um pouco irregular. — Bentancor não deixava de sorrir. Sacou um maço de cigarros e ofereceu um a Soria, que negou com a cabeça. — Tu não quer ficar com alguns? Talvez sejam úteis mais tarde.

Como o careca voltou a negar com a cabeça, o advogado guardou o maço, não sem antes colocar um cigarro entre os lábios. Acendeu-o e inalou a fumaça com verdadeiro deleite.

— Eu dizia... — Soltou a fumaça e voltou a se interromper.

— Que não é meu advogado.

— Isso. Isso, e que agora, este momento, é um pouco irregular.

— Entendo. — Soria olhou mais uma vez à sua volta, as caixas e o escritório vazio. As partículas de pó cintilavam com a luz do sol que entrava por uma janelinha alta e estreita. A janelinha não tinha grades.

— Sim, hehehe. — Bentancor mexia a cabeça enquanto ria baixinho. — Eu achei que seria melhor resolver de uma forma diferente e não chamar a atenção. Aquilo que tu fez já aconteceu há tanto tempo que quase ninguém se lembra. É melhor não trazer o assunto à tona, né?

— Aquilo que eu fiz?

— Sim, homem. O assalto, aquilo do Hotel Cassino. — O advogado inclinou-se sobre a mesa. — O dinheiro... você sabe...

— Não, não sei.

— Hahahaha. Está bem, eu entendo agora como tu aguentou isso aqui esse tempo todo. Muito bem, sim, senhor.

Soria já estava ficando cansado. Fez menção de se levantar.

— Pera, pera... — Bentancor deixou de sorrir pela primeira vez. — Eu vim te dizer uma coisa.

— Então diz de uma vez.

— Tu é durão, hein?

— Fala ou eu vou embora.

— Olha... eu represento Julieta Martínez.

Escutar o nome de Julieta, assim, saindo dos lábios de um completo desconhecido, fez com que Soria cambaleasse pela primeira vez em quase vinte anos. Sentiu seus joelhos tremerem e apoiou as costas no encosto da cadeira. Se Bentancor percebeu tal reação, não demonstrou; ele procurava por uns papéis em sua pasta.

— A senhora Martínez deixou uma mensagem escrita para o senhor...

— Como ela tá? — A pergunta explodiu da boca de Soria antes que ele sequer pensasse nela. E o pior de tudo era que já imaginava a resposta.

Bentancor parou por um momento e o encarou. Mas não conseguiu sustentar o olhar. Voltou a se concentrar no interior da pasta.

— Ah... eu pensei que o senhor já soubesse... ela morr... faleceu no mês passado. Um câncer no pulmão, algo muito rápido, pelo que eu entendi. Muitos anos de fumante, parece.

Soria apertou os lábios e fechou a boca. Estava um pouco tonto. Um mal-estar difícil de descrever subia-lhe pela boca do estômago.

— Bom... como eu dizia. Ela contratou o nosso escritório para que trouxéssemos uma mensagem ao senhor. Não deixou nada além disso. E lá no escritório ninguém sabe de nada também.... Então, relaxa. Eu investiguei por conta própria quem tu era e porque tu estava em can... preso, digo. E ela... Ela trabalhava no cassino, certo?

Soria não respondeu. Limitou-se a olhar fixamente para o advogado e colocar as suas mãos enormes sobre a mesa. Bentancor olhou-as e só então pensou no quão úteis seriam as algemas e no quão longe estava o guarda.

— Então... bem, o que quero dizer é que só eu somei dois mais dois... entende? E consegui relacionar tudo. Assim que decidi me apresentar ao senhor e colocar-me à disposição para que, se a mensagem lhe for compreensível, encarregar-me do dinheiro... porque é evidente que a mensagem é sobre o dinheiro, e eu poderia guardá-lo até que o senhor saia da...

— Qual é a mensagem?

— Acredito que para o senhor seja conveniente fazermos um acord...

Soria cerrou as mãos em punho sobre a mesa. Bentancor pegou um papelzinho. E leu:

— "Nunca o troquei de lugar. Não te preocupes, não vai apodrecer."

Soria moveu muito lentamente uma das mãos e pegou o papel. Bentancor hesitou como se uma tarântula estivesse caminhando sobre a mesa. O papel estava escrito à mão. A última coisa que lhe restava dela. Sua letra. Nada mais. E saber que ela nunca o havia esquecido. Que o havia esperado. Que havia contado com ele tanto quanto ele havia contado com ela. Olhou para o advogado.

— Nada mais?

Bentancor descobriu que o cigarro se tinha apagado entre os seus dedos e jogou-o no chão.

— Não. Só essa mensagem. — Soria levantou-se da cadeira. — Mas espera, cara!

Soria inclinou-se sobre a mesa e buscou os olhos por trás dos óculos do advogado.

— Eu saio em pouco tempo. Se eu souber que tu fez alguma coisa, eu te encontro e te mato.

Deu meia-volta e foi até a porta. Bateu três vezes. O jovem guarda aproximou a cabeça e se assustou ao encontrá-lo tão próximo.

— Terminamos — disse Soria.

O guarda olhou para o advogado, que não tinha saído da cadeira, e esperou por um momento. Como o outro não dizia nada, deu de ombros e deixou o careca passar. Seguiu o prisioneiro por todo o caminho até o setor das celas.

Soria não voltou para o pavilhão de exercícios; foi direto para a sua cela. Encontrou outro guarda, desta vez um dos mais antigos, que esvaziava a cama ao lado da sua.

— Tá vindo um novo companheiro — anunciou o

guarda e, mesmo Soria não tendo dito nada, adicionou:

— Fresquinho, fresquinho.

Soria jogou-se em sua cama, sempre em silêncio, e o guarda balançou a cabeça. Tinha alguma coisa errada com aquele careca. Foi embora sem dizer mais nada.

O "fresquinho" entrou na cela meia hora depois. Com displicência, jogou uma sacola de roupas sobre a cama e se deitou ao lado. Era um rapaz de vinte e poucos anos, com a cabeça raspada e algumas tatuagens feias e malfeitas no pescoço. Não devia ser a sua primeira vez na cadeia, mas ele parecia empenhar-se ao máximo em esconder seu nervosismo. Soria encarou-o pensativo, sem nem dissimular. O outro tentou devolver o olhar e quase largou o obrigatório "O que tu tá olhando?". Mas não só não o fez, como não conseguiu sustentar a mirada e ainda baixou a cabeça. "Se fodeu", pensou Soria.

— Qual é o teu nome? — perguntou.

"Não te interessa" deveria ter sido a resposta. Mas acabou sendo:

— Fermín.

— Eu me chamo Soria.

— Ah... oi.

Fermín sentiu-se um pouco reconfortado pela troca de nomes, tanto que soltou um meio sorriso, pegou um maço de cigarros e lhe ofereceu um.

— Não deverias fumar. Faz mal pra saúde. — Soria apoiou a cabeça no travesseiro e ficou olhando para o teto.

Fermín olhou para ele sem entender e hesitou por um momento. Por fim, guardou os cigarros e se deitou também.

11

Bateram-se quando se encontraram. Com os dentes cerrados, em silêncio. Apenas deixavam escapar grunhidos e gemidos de dor quando um golpe era especialmente forte ou certeiro. Brigaram como animais no escuro. Os dois sentiam o sangue escorrendo pelo rosto e respiravam com dificuldade. Se um dos dois conseguisse agarrar e controlar o outro, tudo teria terminado ali. Mas o sangue e a umidade por rolarem no gelo fizeram com que seus corpos se tornassem escorregadios e difíceis de pegar. E, assim, a derrapada de um dos dois os distanciou, se separaram e por alguns segundos não se encontraram. E então sentiram o frio.

Soria estava junto a uma das paredes e a foi tateando, esquivando-se de uma estante vazia, até chegar à porta. Não havia maçaneta. No seu lugar, pontas afiadas de aço arranharam a sua mão. Mexeu na porta e confirmou que estava firmemente fechada. Piscou por um segundo, compreendendo. Sentia mais frio a cada segundo.

— Vou acender o isqueiro. — A voz de Harrison Rey veio de um ponto indeterminado na escuridão. — Não vem me bater, seu filho da puta.

O isqueiro resistiu duas, três vezes, com faíscas mínimas e pouco alentadoras, mas acendeu. O fogo mostrou a cara de Rey para Soria, que não o tinha visto até aquele momento. Um rosto comum, que se perderia na multidão, apenas realçado agora por um olho ligeiramente fechado e o lábio superior partido ao meio. Rey, por outro lado, mal conseguia ver Soria, que permaneceu no limite da penumbra, ainda que certamente o seu rosto apresentasse marcas parecidas. Olhou ao seu redor. Algumas caixas, alguns panos, coisas jogadas de qualquer jeito. Restos da obra recente e coisas que deviam estar no refrigerador havia trinta anos.

— A porta? — perguntou Harrison Rey, mas o outro não respondeu. Depois de hesitar por um segundo, Rey avançou. Soria se afastou e se moveu para o lado sem ficar de costas para ele. Com a fraca luz do isqueiro, Rey comprovou que era impossível abrir a câmara refrigeradora pelo lado de dentro. Foi o seu próprio tiro que arruinou a fechadura. — Bom. Que merda... — comentou sem se virar.

Soria continuou em silêncio. Tinha ido para o fundo da câmara e de lá o olhava. Esperava antes de decidir o que fazer. Os dois não conseguiram evitar e começaram a tremer. Rey foi até as caixas que descolaram do chão com a briga. Uma, de madeira, tinha se partido. Também encontrou a madeira com o prego ensanguentado.

— Olha, Soria... É Soria, não? Tá bem... Continua bancando o Charles Bronson e não me responde nada, mas me escuta pelo menos: ou nós acendemos um fogo ou nós morremos aqui dentro, congelados até o cu. Entendeu?

Soria engoliu saliva e foi como chupar uma pedra de gelo. Após um momento, assentiu com a cabeça.

Rey pegou as madeiras que lhe pareceram mais promissoras — primeiro a do prego, já que era a mais seca — e juntou aos pedaços de pano em bom estado que os operários tinham deixado. Remexeu em seus bolsos até juntar o máximo de papéis que encontrou. Soria, ao vê-lo agir, fez o mesmo. Tirou da carteira cartões de visita e papéis com anotações — separou um, o releu e o guardou novamente na carteira — e os acrescentou aos papéis de Rey. Colocaram até dinheiro.

— Se a gente conseguir fazer isso acender… — Rey sentia o peito arder e a respiração se tornava cada vez mais difícil, o que entrecortou sua frase — …logo vamos descongelar… o máximo que der. E mantemos o fogo…

— Por quanto tempo? — Soria finalmente falou.

— Não sei… o tempo que der. A dona… do hotel… em algum momento virá ver o que aconteceu.

— Quando? — Soria insistiu, mas Rey não respondeu; estava mais concentrado em conseguir fazer com que os papéis pegassem a chama moribunda do isqueiro.

Os cartões, anotações e papéis arderam com um chiado miserável e Rey, com muito cuidado, aproximou a chama da ponta de um pano, que pegou fogo de repente e o assustou. Deveria estar molhado com solvente ou algo assim. Não perdeu a oportunidade e o juntou aos papéis, panos e tábuas. Primeiro, acendeu a madeira do prego, e Rey o usou para passar o fogo. Com calma e diminuindo a ansiedade que corria por suas veias, foi passando o fogo até que, lentamente e pouco convencidas, as outras madeiras acenderam. O fogo dançou e ameaçou se apagar de repente, queimando muito oxigênio. Eles não tinham pensado nisso. Não havia por onde a fumaça sair e isso podia não só deixá-los com falta de ar como podia fazer, por si só, com que asfixiassem. "Maravilha", pensou Rey. Mas o mais importante era que não estavam mais congelando. Colocou outra caixa de madeira o mais próximo possível da fogueira improvisada. Sentou-se no chão, onde o degelo deixou uma poça de água gelada que molhou seus fundilhos.

Soria estava a alguns prudentes passos de distância enquanto olhava Rey mexer com o fogo. Então se aproximou e colocou não uma, mas duas caixas perto do fogo. Rey percebeu que uma delas era de madeira — igual àquela que tinha se partido e que serviu para começar o fogo —, mas a segunda não só não era uma caixa como era aquele vulto sem forma que o deixou confuso quando estava fora da câmara. Eram três sacolas coladas entre si, com o logo do Hotel Cassino. O dinheiro. Congelado como um pedaço de carne no açougue. Soria se sentou diante dele, do outro lado do fogo.

— No fim das contas... — Harrison Rey colocou uns pedacinhos de madeira nas chamas. — ...quanto dinheiro é?

Soria o olhou através da fumaça, que formava um colchão de vinte centímetros colado ao teto, e parecia que não ia responder. Mas de repente deu de ombros.

— Nunca soube.

— Mas é bastante, não?

— Sim.

Harrison Rey olhou para o fogo que voltava a ficar moribundo. Eram problemas demais. Se não mantivessem o fogo, não conseguiriam descongelar mais nada para manter o fogo. Se mantivessem o fogo, a fumaça os sufocaria mais cedo ou mais tarde. Se apagassem o fogo, morreriam de hipotermia em algumas horas, no melhor dos casos. Quanto leva para alguém morrer de frio? De todas as formas de morrer que Rey já tinha pensado alguma vez, trancado em uma câmara frigorífica não era uma delas. Só vendo para crer.

— Quem te mandou? — Soria tirou um pedaço de pele rasgada que ainda estava pendurada na bochecha.

— A dona, essa que pode chegar e nos tirar daqui.

— Eu pensei que o dono fosse um portenho.

— É a irmã dele. Ela não gostou nem um pouco de

vocês transformarem o cara em vegetal.

O fogo cintilou e depois as chamas baixaram ao mínimo. Com calma, Harrison Rey mexeu as poucas brasas até reavivá-lo.

— Precisamos de mais papel — explicou.

— Não temos.

— Sim, nós temos. Daqui a pouco teremos. Assim que essas sacolas descongelarem e pudermos abri-las.

Soria abriu a boca em um "o" de surpresa. O protesto brilhou nos seus olhos após a inicial incompreensão. Sufocou imediatamente a surpresa, substituindo-a por uma dedução elementar de que, se estivesse morto e congelado, de nada lhe serviria o dinheiro. E encerrou o assunto com uma careta resignada e um aceno de cabeça.

— Tudo à toa... — comentou.

— Sim.

— Tanta coisa por nada.

— Isso acontece.

Para fazer alguma coisa, Soria quebrou a caixa de madeira ainda congelada. Depois colocou perto do fogo os pedaços de madeira, que soltaram faíscas ao descongelar.

— E se queimarmos toda a grana e continuarmos aqui dentro? — perguntou então. Não parecia muito interessado na resposta.

— Vamos torcer para que a mulher já tenha chegado até lá.

— E quando ela chegar? Continuaremos de onde paramos?

— Rá. Que pergunta otimista. A gente vê quando chegar o momento.

Harrison Rey contou a olho. O dinheiro, mais duas caixas, um pedaço de papelão, alguns panos. Parando para pensar, eles tinham pouco tempo.

— A menos que ela venha em umas horas, estamos ralados. — Soria fez o mesmo cálculo.

— Sim.

— Ela pensava em vir?

— Não.

Soria tossiu. A fumaça começava a incomodá-lo.

— A propósito — Rey sorriu debochadamente —, eu dispenso qualquer oferta de contato corporal para me manter quente.

— Quê?

— Nada, nada.

Harrison Rey viu o olhar confuso misturado com raiva do careca e achou muito engraçado. Tanto que começou a rir. Primeiro uma gargalhada curta, mas que se manteve o suficiente para se ligar a outra mais longa. E, de repente, Rey estava rindo descontroladamente.

Por um instante, Soria olhou irritado para ele. Não entendia o motivo pelo qual o outro estava rindo. Quase sentiu vontade de acompanhá-lo, de tão contagiosa que era a gargalhada, apesar de sentir que havia um deboche implícito. Mas, de repente, ficou paralisado. Alguém acompanhava a risada do homem que tinha vindo para matá-lo. Sentado contra a porta inútil, olhando-o sem parar de rir, ele estava de volta depois de trinta anos sem aparecer. Estava, como sempre, com a sua imunda jaqueta de couro vermelha. O mesmo cabelo longo e engordurado. Os bigodes desiguais. O frio não o afetava, é claro.

Seu pai o olhava, com o buraco bem no meio da testa, e ria. Ria porque finalmente tinha ganhado o jogo. Soria já não tinha o que fazer, para onde correr ou o que procurar. Tal qual ele mesmo havia advertido quarenta anos antes, quando ficou cheio de deboche e acabou com uma bala no meio da testa.

Soria olhava com ódio para a parede vazia enquanto Rey não parava de rir. E a fumaça que enchia aos poucos a câmara frigorífica logo não os deixou ver qualquer coisa que não fosse o fogo débil brilhando no chão.

Montevidéu, agosto de 2015

Conheça outros títulos do selo Safra Vermelha:

Onda de Crimes

Atividades suspeitas, tramas macabras, assassinatos misteriosos, desaparecimentos... Em regiões isoladas e ermas ou nas ruas apinhadas das grandes cidades, o crime está sempre à espreita. Você encontrará o lado mais sombrio da existência humana em Onda de Crimes, uma antologia que reúne algumas das principais vozes da Literatura Policial latino-americana atual: Nicolás Ferraro e Kike Ferrari (Argentina), Rodolfo Santullo (Uruguai), Cláudia Lemes, Paula Bajer e Cesar Alcázar (Brasil).

A Cicatriz Invisível

Um pacato jornalista esportivo reencontra a mulher que mais desejou na juventude, Marta Regina, namorada de seu então melhor amigo. A atração entre os dois é arrebatadora, e eles iniciam um relacionamento tórrido. Porém, há um pequeno problema: Marta agora é casada com um poderoso e perigoso dirigente de um clube de futebol. Cada vez mais tomado pelo desejo, o jornalista acaba envolvido em uma trama sombria, que pode custar sua vida. A Cicatriz Invisível, de Júlio Ricardo da Rosa, é um romance noir na tradição de David Goodis e Cornell Woolrich, com suspense do início ao fim!

Ratos de Cemitério

Robert E. Howard, o criador de Conan, apresenta o mais bárbaro dos detetives! Steve Harrison é um detetive durão. E não podia ser diferente, pois em River Street, o bairro mais barra-pesada de uma grande metrópole norte-americana dos anos 1930, os perigos muitas vezes beiram o sobrenatural. Enfrentando feiticeiros, senhores da guerra orientais, ladrões de túmulos e assassinos monstruosos, Harrison luta para manter a ordem e a justiça. Combinando elementos de horror e fantasia com a narrativa policial típica dos pulps, Robert E. Howard criou um universo único e fascinante.

SAFRA
VERMELHA

AVEC
EDITORA